Le Grand Jeu

Du même auteur

R., Comp'Act, 2004.
La Manadologie, Éditions MF, 2005.
Le Dernier Monde, Denoël, 2007 ; rééd. Folio, 2009.
Bastard Battle, Léo Scheer, 2008 ; rééd. Tristram, 2013.
Olimpia, Denoël, 2010 ; Rivages Poche, 2016.
So long, Luise, Denoël, 2011 ; Rivages Poche, 2014.
Les Ales, en collaboration avec scomparo, éd. Cambourakis, 2011.
Faillir être flingué, Rivages, 2013 ; Rivages Poche, 2015.
Ka ta, en collaboration avec scomparo, Rivages, 2014.
Le Grand Jeu, Rivages, 2016.

Céline Minard

Le Grand Jeu

Rivages

Retrouvez l'ensemble des parutions
des Éditions Payot & Rivages sur

payot-rivages.fr

Collection dirigée par Émilie Colombani

L'auteur a bénéficié d'une mission Stendhal
et d'une résidence d'écriture au domaine national de Chambord.

© Éditions Payot & Rivages, Paris, 2016

Les cinq hommes sont repartis avant que le soleil ne passe derrière la montagne. Le pilote préfère éviter les vols de nuit et les huit voyages qu'il a effectués aujourd'hui avec ces longues minutes de stationnaire précis ont requis suffisamment de son attention pour qu'il ait envie de se détendre dans la vallée. Les quatre techniciens étaient dans cet état de fatigue euphorique que procure le travail accompli, ils ne pensaient qu'à redescendre, prendre un peu de repos, retrouver leur foyer. De mon côté, je n'aurais pas apprécié outre mesure de devoir leur offrir l'hospitalité et peut-être l'ont-ils senti. Ce qui est sans importance.

J'ai confié au pilote l'ultime paiement (en espèces) qui met un terme à mon projet qui n'en est plus un, puisqu'ils m'ont aidé à le réaliser.

Ils n'auront pas à revenir pour raccorder les panneaux photovoltaïques aux batteries, je le ferai moi-même, pour l'ensemble de la structure et pour le module sanitaire installé quelque dizaine de mètres plus bas.

Quand le bruit de l'hélicoptère a été absorbé par la distance, j'ai senti l'épaisseur de l'air et j'ai pu voir le tube de vie dans lequel je vais désormais m'abriter et passer mes jours, si ce n'est mes journées.

Il est à demi appuyé, à demi suspendu à un éperon granitique. On dirait le fuselage d'un avion posé en équilibre entre le vide et la pierre. Mais je sais qu'il est solidement arrimé à son rail d'acier, lui-même fixé et boulonné sur deux mètres d'épaisseur de roche forée.

C'est mon tonneau. Le tonneau dans lequel je vais vivre, dont la coque est faite d'un assemblage de résine, de fibre de verre et de PVC haute densité. Une porte, trois hublots latéraux et l'œil-de-bœuf panoramique qui donne sur le vide vers la vallée, sont les cinq ouvertures qui me permettront d'observer et de respirer le monde extérieur quand je serai dedans. Ensevelie sous la neige, inondée de lumière, lessivée par la pluie, asphyxiée de brouillard. Le reste de la structure est tapissé d'un isolant thermoréfléchissant qui me renverra ma propre chaleur. Combinée à celle que développeront dès demain les batteries reliées aux panneaux photovoltaïques, elle suffira à maintenir une température de vingt à vingt et un degrés constants.

Selon mes calculs, en admettant que je puisse déneiger quotidiennement un tiers de la surface des panneaux, je pourrais tenir un hiver de six mois à une moyenne de moins quarante degrés. Ce qui est largement au-dessus des normes de la région à cette altitude.

La plaque de cuisson est conçue pour fonctionner de deux à trois heures par jour. Couplée au dispositif qui permet de fondre et de traiter la neige, elle consommera vingt à vingt-cinq pour cent de l'énergie produite. Tous les éclairages sont des leds intégrés à la paroi. Une batterie est dédiée à la recharge d'un ordinateur ou d'un téléphone cellulaire.

En cas d'urgence.

J'ai dessiné la bibliothèque, la couchette, les assises et la table. Ces éléments sont partie prenante de la structure. La table peut se rabattre et glisser dans un rail sur toute la longueur de la pièce. Les assises latérales, situées de part et d'autre de l'œil-de-bœuf, sont amovibles. La couchette est fixe. La bibliothèque également, en partie. Un cube indépendant de soixante-dix centimètres de hauteur peut faire office de table basse ou de siège, il contient un coussin rond bourré de kapok et un tapis de huit millimètres d'épaisseur. Deux placards intégrés sont destinés aux vêtements, la vaisselle est contenue sous l'évier. La carabine et les munitions sont sur le rayonnage au-dessus de la porte. Les skis se remisent en entrant dans le coffre vertical au-dessus d'un compartiment prévu pour contenir trois paires de chaussures. Un stand recevra mon violoncelle quand j'aurai renvoyé son étui rigide dans la vallée. Il est en bois de hêtre comme l'arrêt de pique. Il s'harmonise avec l'habillage de chêne plaqué, ignifugé et hydrofugé, des parois internes et du mobilier encastré. Les portes comme dans un bateau, il faut lever le pied pour les passer.

C'est une belle planque.

Aujourd'hui a eu lieu la dernière rotation nécessaire à mon installation.

J'ai commencé à remplir mes cahiers.

Je suis en cours d'entraînement, je m'entraîne. Je dois m'occuper, définir et traiter plusieurs points de névralgie.

Je dois savoir si la détresse est une situation, un état du corps ou un état de l'esprit.

On peut être accroché à une paroi à trois mille quatre cents mètres d'altitude en plein orage nocturne sans être en détresse. On peut aussi sous le même orage nocturne se sentir au chaud au fond de son lit au cœur de la détresse. On peut avoir soif, être fatigué, blessé sans être en détresse.

Il suffit de savoir que la boisson, la nourriture, le repos, le secours sont à portée de main. Qu'on peut les atteindre. Plutôt facilement.

L'effort n'est pas la détresse mais il y est souvent lié.

Il suffit d'alimenter un alpiniste coincé depuis deux jours sur une vire sans eau ni nourriture à la limite de l'hypothermie pour que disparaisse la détresse.

Le corps recouvre ses forces, l'esprit reprend courage, l'environnement n'est plus un obstacle. Ni un cercueil, ni une menace.

De la même façon, il suffirait de le déplacer (le descendre de la vire en hélicoptère) pour que disparaisse la détresse. Bien avant qu'il soit réhydraté et nourri.

Comme il suffirait d'une parole capable de changer ses représentations mentales – du passé, du présent, de l'avenir immédiat, de sa place dans le monde – pour que disparaisse la détresse.

La seule limite est la mort.

On pourrait dire aussi : l'esprit recouvre ses forces, le corps reprend courage, l'environnement n'est plus un obstacle. Ni une impasse, ni un ennemi.

Et pourtant la situation géographique peut être à elle seule une occasion de détresse.

On peut être en pleine possession de ses moyens physiques, avoir des représentations positives accroché à une paroi à trois mille quatre cents mètres d'altitude, et risquer d'être foudroyé à tout moment parce que l'orage nocturne a décidé de se déchaîner précisément contre le bout de roche auquel on se tient. On peut être en danger sans être en détresse. Dans quelles conditions ? Lorsqu'on maîtrise le danger, lorsqu'on a mesuré les risques qu'on a pris ? Nous ne pouvons pas maîtriser la foudre ni décider de l'endroit où elle frappera dans les secondes qui viennent, mais nous ne sommes pas en détresse tant que nous ne remettons pas en question les décisions et les actions qui nous ont menés à ce moment-là, de grand danger. Le regret engendre la détresse. « Je n'aurais pas dû » est le début et le fond de la détresse. Le conditionnel tout entier, ce temps révolu qui n'est même pas le passé est le fondement et peut-être le créateur de la détresse. L'occasion qu'elle s'installe.

Il faudrait voir ce que cette forme grammaticale entretient comme relations avec la culpabilité et comment. Un mode verbal peut affecter la production de glucocorticoïdes. Et jouer sur notre humeur.

Le conditionnel introduit une illusion d'avenir à l'intérieur du passé. Il ouvre une brèche, un éventail de fantômes dans la nécessité des faits irréversibles, qui ont déjà eu lieu. Il n'y aurait pas de détresse sans le conditionnel. La faim, l'épuisement, la douleur et la mort si ça se trouve, mais pas de détresse.

Ou je me trompe ?

Les journaux avaient déjà publié de brefs articles sur l'achat de ce territoire dont personne ne s'était soucié de savoir à qui il appartenait puisqu'il ne produisait rien, ni en termes de biens ni en termes de services, jusqu'à ce que la transaction ait lieu, que l'acte de propriété soit établi à mon nom et que l'ancien propriétaire ne le divulgue. Des journalistes locaux avaient alors fait des recherches (très incomplètes) ainsi que des hypothèses sur le destin que j'étais censée réserver à cet îlot de deux cents hectares de roche, de bois et de prés au cœur d'un massif montagneux de vingt-trois kilomètres carrés. Des coupes à blanc, des forages, un hôtel de luxe, un laboratoire vert étaient sortis de leur imagination, ce qui suffisait à disqualifier ces projets. Faute de pistes et de renseignements vraisemblables, l'intérêt des rédacteurs en chef et des lecteurs avait rapidement baissé au fil des semaines. Jusqu'à ce que leur parvienne le bruit d'un chantier inhabituel.

L'entreprise à laquelle je m'étais adressée pour la construction de mon habitacle ne pouvait pas se passer d'une publicité de cette envergure et avait fait circuler, avec mon accord, des plans succincts de ce qu'on allait très vite appeler « l'ovni ». Toutes les précautions légales ayant été prises bien en amont, personne – aucune association de défense de l'environnement, aucune autorité locale, aucune personne réelle ou morale, aucun État – ne fut donc en mesure de ralentir les travaux ni d'en empêcher la mise en place. J'ai fait moi-même les images de l'héliportage et du montage des modules. J'en ai sélectionné quelques-unes ainsi qu'un film HD de trois minutes, monté et sonorisé, que j'ai mis à disposition de l'entreprise pour leur communication externe. Les journaux ont mis alors un point d'interrogation à leurs titres : « la taxe sur la pollution visuelle va-t-elle enfin s'imposer ? », « maison autonome et héliportage, une contradiction écologique ? », « architecture et argent, le cocktail infernal ? ».

Je ne suis pas millionnaire. Je ne m'en soucie pas. La forme de la question n'est supportable que lorsqu'on se l'applique à soi-même. Tous les matins, il faut se souvenir qu'on rencontrera un ingrat, un envieux, un imbécile – tant qu'on est en position de croiser un homme.

Tous les matins, il faut se demander : qui suis-je ? Un corps ? Une fortune ? Une réputation ? Rien de tout cela. Qu'ai-je négligé qui conduit au bonheur ?

Je ne suis pas montée, je suis descendue vers le lac. Par la voie normale, c'est-à-dire en suivant le sillon rocheux de six cents mètres qui rejoint la pelouse par la transversale. J'installerai bientôt une corde fixe pour varier les approches. Plus il y a de chemins pour partir et pour rentrer chez soi, mieux ça vaut.

Passé les derniers blocs, la pelouse alpine déroule sa pente, lisse et régulière jusqu'aux abords des pins où elle rencontre des landines rases et des landes fraîches tapissées de rhododendrons. J'ai tour à tour côtoyé et suivi de l'œil le torrent pour le rejoindre à son embouchure sur la gravière qui borde ce côté du lac. L'eau glaciale, transparente, laisse voir les truites qui maraudent entre les pierres. Un gros tronc gris passe par-dessus le déversoir du torrent qui bouillonne en se jetant dans l'eau plane du chaudron. Il est suffisamment large pour qu'on puisse s'y asseoir avec une ligne et une boîte de teignes en restant discrètement à couvert. Les poissons affectionnent les arrivées d'eau qui leur procurent une nourriture plus variée que celle des fonds, je reviendrai. Sur la rive gauche, la gravière se poursuit sur une centaine de mètres, bordée d'un côté par la lame coupante de l'eau et de l'autre, par le sous-bois de pin dont le sol craque et bruit sous les pas. Puis brusquement, elle grimpe aux flancs du cirque et se perd dans les rochers.

Marcher dans ces blocs instables, ni assez gros pour présenter un appui, ni assez petits pour se laisser oublier, est assez éprouvant. J'ai néanmoins fait le tour de l'arène et pris la mesure de ce premier verrou qui clôt d'une certaine façon mon espace d'en bas, ma retraite. Le vent qui vient de la vallée est fort et très froid mais il s'efface dès qu'on passe sous les pins.

En remontant, le torrent à main droite, je suis tombée sur une cavité alimentée par un filet d'eau enfoncé dans une gorge de vingt centimètres. Le cresson l'envahit et forme un tapis si dense qu'on ne voit pas la surface de l'eau. J'ai arraché quelques poignées et sondé le fond afin de me rendre compte des proportions de la vasque. Elle est parfaite. Il suffira de deux ou trois heures d'effort pour en faire un bassin de garde idéal. La pêche n'étant pas une science exacte, cette cage aquatique me garantira une réserve de protéines disponibles à tout moment. Il faudra calculer la largeur du goulet d'étranglement sur celle de mon épuisette. J'ai planté un bâton écorcé sur deux mètres pour repérer l'endroit et j'ai coupé pour retrouver la sente qui remonte vers la pelouse que ma base surplombe.

J'ai vu de très loin les motifs de peinture rouge qui signalent la présence de mon refuge, ainsi que le reflet de son œil-de-bœuf. Un éclat de cristal dans un désert de pierres grises.

Sous le ventre du fuselage, j'ai décidé de faire un détour assez long en suivant la barre rocheuse sur la gauche. Sans pousser suffisamment loin néanmoins pour trouver un passage ou une fissure facile qui pourrait m'ouvrir un troisième chemin vers mon refuge.

Marcher sur un sentier de plaine est à la portée de tous ceux qui peuvent se servir de leurs jambes. Marcher sur un sentier de montagne ne l'est pas moins. Jusqu'à la cotation T2 où le risque de chute n'est que possible, et non pas réel, n'importe quel individu valide peut progresser sur un chemin de montagne.

Les cotations suivantes sont plus exigeantes, la trace est parfois manquante, il y a des pentes herbeuses, souvent exposées, délicates, mêlées de rochers. Il faut mettre les mains. Il y a des névés faciles, moins faciles, des glaciers, des glaciers difficiles. La trace se perd sur presque tout le parcours, le terrain est très souvent exposé, exigeant, très exigeant, il y a des passages d'escalade jusqu'au deuxième degré (peu difficile).

Qu'est-ce qui fait qu'un pas se déroule avec plus ou moins de sûreté ? La longueur du chemin ? Sa pente, son inclinaison latérale ?

Que se passe-t-il quand je suis une trace et que tout à coup, il faut passer un pas, équivalent à tous ceux que j'ai faits jusque-là, mais au-dessus du vide parce que le chemin à cet endroit s'est effondré sur la longueur de ce pas ? Le chemin est-il devenu plus technique ? Un risque est-il apparu ? Si le chemin est exposé depuis le début du parcours, s'il s'accroche par exemple à une forte déclivité sur quinze centimètres de largeur, et que depuis le début une chute serait l'occasion d'un accident grave ou mortel, ce pas au-dessus du vide est-il un risque supplémentaire ? Alors qu'il ne présente aucune difficulté technique en lui-même ? Pourquoi la confiance dans le bon déroulé de mon pas est-elle subitement fragile ? Cette difficulté n'est pas physique, elle n'est pas de l'ordre de l'acte mais de l'ordre de la représentation. C'est une difficulté d'état d'esprit. Les montagnards répondent :

il ne faut pas s'attarder. Ni s'arrêter ni se précipiter. Il faut soigneusement passer vite. Si je m'affole, je ne pourrai rien faire soigneusement et je me mettrai alors en danger.

Est-ce que s'affoler, ne plus rien maîtriser – ni ses sensations, ni ses pensées, ni ses actions – c'est refuser le risque ? Refuser de le courir, de le prendre mais aussi refuser qu'il comporte une part de calcul (un aspect prévisible) et le jeter dans la pente du côté du danger. Paniquer c'est se choisir un maître.

Pourrait-on dire qu'il existe le danger d'un côté, le danger absolu qui nous tient en son pouvoir, qui nous paralyse de peur, et d'un autre côté la prise de risque qui serait l'hypothèse qu'on peut passer à côté, qu'il n'est pas inévitable ? Plus on passerait près du danger, plus le risque serait grand. Plus on s'en éloignerait, plus le risque serait faible.

Autant se demander à quelle distance de la mort il faudrait se tenir pour éviter de mourir.

J'ai posé la corde fixe qui permet d'accéder rapidement au module sanitaire fixé sur la pelouse alpine contre le rocher. Un rappel de quelques secondes suffit pour atteindre la douche et les toilettes. Elles sont approvisionnées par une cuve de récupération d'eau de pluie et comportent un système de traitement des eaux usées qui fonctionne à l'énergie solaire. Comme dans ma structure d'habitation, la cuve est équipée d'un dispositif capable de faire fondre la neige, de la filtrer et de la distribuer. La température de la douche, ce matin, était de trente-cinq degrés au réglage maximal. Le soleil n'était pas levé.

Il m'a fallu trente minutes de marche pour atteindre l'appentis de jardin où m'attendait le container avec les outils de première nécessité, les semences et les cordes.

J'ai déballé et rangé pelle, pioche, faux, fourche, râteau, houe, croc, cisaille, arrosoir, brouette et tronçonneuse, classé les paquets de graines, les oignons et les patates sur les étagères, empilé les rouleaux de cordelette et les voiles de forçage, remisé le matériel de pêche et le matériel d'escalade.

J'ai délimité au cordeau le terrain du potager à mille six cents mètres d'altitude à peu près au niveau du lac et suffisamment loin des pins pour profiter d'un ensoleillement maximal. Le module de jardin est également équipé d'un panneau photovoltaïque qui alimente deux leds d'éclairage intérieur-extérieur et une batterie de réserve.

Je suis remontée m'asseoir en tailleur vingt minutes au chaud dans mon habitacle, face au mur courbe, les yeux mi-clos, la perspective de la vallée sur ma droite.

Le soleil grimpait sur la roche quand j'ai pris mon premier repas sur la table dépliée devant la plaque de cuisson. J'avais l'impression de sentir les cellules photovoltaïques aspirer les rayons lumineux au-dessus de ma tête.

J'ai monté et ouvert le container des réserves alimentaires. Je les ai disposées dans le cellier, au fond de mon habitacle. L'isolation et l'aération de cette partie du module ont été étudiées pour qu'il reste sec et frais en toute saison.

Je suis retournée en bas au jardin et j'ai commencé à creuser le canal de dérivation pour l'irrigation, tracé le trajet des rigoles et celui du canal d'écoulement. La gravière du lac me fournira en petites pierres pour tapisser les fonds. J'ai dû rapidement ôter ma veste et mon chapeau. Le vent était vivifiant et vif. Il faudra que je descende un cintre.

Au moyen de la bêche, les mottes se détachent et se tranchent volontiers. Néanmoins les cailloux sont très nombreux et je prévois un désempierrement d'importance. Ce qui ne me contrarie pas car la fatigue fait partie de mon traitement. Je l'ai prévue. Intégrée comme un rouage, un espace, répondant à celui du repos. Je n'ai qu'à veiller aux équilibres. À ce qu'aucune fonction ne prenne l'avantage sur l'autre. Et je suppose que pour l'été, je peux me construire un foyer en pierre sous le couvert des pins, je n'aurais pas à remonter pour déjeuner. J'ai deux grilles rondes dans l'appentis. Le poisson saisi au feu de bois ou, s'il est petit, embroché et cuit sur sa pique la tête en bas, est un de mes plats favoris. Avec un trait de soja, une poignée de cresson ou des tubercules. La faim aussi fait partie de mon traitement. Pas la famine, ni l'épuisement.

Partie à l'aube, je suis montée au grand cirque qui contient dans sa main en conque la limite supérieure de mon territoire. Je suis chez moi jusqu'aux crêtes qui perforent les nuages et même un peu au-delà. Cette colossale barrière culmine à deux mille huit cent soixante et onze mètres (2 871) au-dessus du niveau de la mer, comme l'indique le point géodésique peint en blanc sur un rocher du sommet. La pente pour y accéder est assez gazeuse mais sans réelle difficulté.

Je suis restée longtemps dans les énormes blocs effondrés au fond du cirque, à tester des pistes en laissant de petits cairns sur mon passage. À force d'allers-retours, j'ai tracé un premier sentier qui mène au pied de la masse rocheuse, au travers de cet amoncellement d'énormes déchets granitiques dont chaque éclat altère l'orientation. Il m'a fallu plusieurs heures. Depuis ce point, en longeant le massif vers l'ouest, on trouve une diagonale assez facile qui mène en moins de deux heures à une brèche d'où l'on voit l'ensemble des terrasses du cirque. À cette distance, les blocs du fond forment une nappe grise, à peine houleuse, d'où se détachent ici et là un écueil ou une vague un peu haute. Aux jumelles, j'ai repéré mon plus gros cairn et une partie de sa suite.

Depuis la brèche, j'ai suivi l'arête par son fil, passé un premier ressaut assez raide sur une centaine de pas, puis devant une petite fissure, pris sur ma droite une vire de quelques mètres pour retrouver le fil de l'arête après un nouveau ressaut. Une coupure profonde comme un étage a interrompu ma progression. J'aurais pu la passer par l'intérieur mais j'ai vu une série de bonnes vires au-dessus du vide qui m'ont inspiré confiance. Je les ai empruntées et j'ai rejoint l'arête pour la troisième fois, avant d'atteindre le sommet sans plus avoir à me dérouter.

Je me suis adossée au point géodésique et je me suis mise à manger en observant à l'œil nu l'étendue et la structure de l'espace qui m'entourait, puis, aux jumelles, les mille détails de la roche et de la végétation, les ruptures de plan, les imperceptibles hiatus qui camouflent d'insoupçonnables caches où l'herbe pousse, où l'eau coule, où la vie cavale. Une marmotte sifflait au fond du cirque. Le jour baissait déjà. J'ai rapidement analysé la muraille de la voie directe que j'ai trouvée élégante, d'un beau granite compact. En descendant, j'ai contourné par l'autre côté la coupure de quatre mètres qui casse la ligne de crête. Par chance, j'ai passé sans encombre un drièdre assez délicat, court mais lisse comme une planche à savon, qui barrait le retour à la voie normale. Mes jambes commençaient à trembler quand j'ai retrouvé mon chemin. Assez facile sur le reste du parcours.

Il me faudra augmenter le volume des cairns et, peut-être, appliquer une marque de peinture réfléchissante sur certains d'entre eux.

Une pause sur la brèche m'a permis de déterminer au moins un passage simple sur le massif qui borde l'autre côté du cirque, ainsi que le chemin du col des montagnes face au pic.

Le sentier vers ma base manque de pratique, mais les filets d'eau qui le traversent sont clairs, glacés, d'un bon goût de roche et de fer.

Le surplomb est une menace. Il se tient au-dessus de moi et sa taille, son poids, sa présence s'imposent et compressent l'espace. Mon oreille interne perçoit un surplomb avant que je ne le voie. La menace n'a rien à voir avec la prise de risque pour contourner l'obstacle. La menace est un état de fait, un état de masse. Un état de gravité de la roche qui se tient entre la chute et l'accroche, une chute en réalité, une chute imminente dont le déclenchement va se produire, de façon certaine, dans un temps proche, imprévisible. Une chute en train de se produire sur une échelle de temps que nous ne pouvons pas percevoir du fait de notre vitesse propre.

Débiter du bois est une construction. Je n'en ai pas vraiment besoin mais c'est une activité qui me plaît. L'odeur du mélange pour la tronçonneuse, le bruit du moteur, si puissant et si perdu dans cette cloche de ciel démesurée, sont des choses domestiques et confortables. Je coupe du bois mort, sec, débarrassé de son écorce, dont le cœur est toujours blond. J'ai entassé trois stères sous les pins, protégés par un morceau de bâche. J'aurai des bûches à portée de main pour mon barbecue de poisson.

Le désempierrement du jardin est bientôt terminé. Je me servirai des plus belles pierres pour monter un muret qui coupera le vent de la vallée que les pins ralentissent déjà. La terre sera bientôt retournée. Je vais faire des poireaux, des oignons longs, des salades, de l'oseille, des pommes de terre, des choux pour l'hiver. Je verrai.

J'ai sorti les plants de bambous *aureocaulis* et *bissetii*. Ils prennent l'air en attendant que je les place dans leurs trous et que je construise leurs douves et leurs courtes murailles de terre. Pour eux, j'ai choisi un endroit derrière les pins, proche de l'eau, où la pente prend un peu de vigueur. J'ai prévu de placer les *bissetii* contre les résineux, à l'abri du vent, pas trop à l'ombre. Ils feront un rempart aux *aureocaulis* qui craignent les courants d'air froids et réclament plus de lumière. Je me réjouis d'avance de voir le chaume jaune de ceux-là rougir au printemps et causer avec le vert foncé des *bissetii*. Si les conditions ne sont pas trop mauvaises, ils monteront la pente dès que le rhizome aura compris que le torrent ne peut être franchi. Un bosquet de bambou est une armée invasive. Immobile, un bosquet de bambou ne fait que strier l'espace, diffracter la lumière et les moindres souffles du vent. C'est une armée calme, obstinée, une assemblée d'esthètes dont la présence change la lune en lanterne et l'envoie flotter parmi les cailloux. On est chez soi dans un bosquet de bambou, sous protection, camouflé, accueilli. Le chant des oiseaux dans un bosquet de bambou remplace les musiques à corde. Assis près de l'eau dans un bosquet de bambou, buvant et fumant, on célèbre les trois arts avec les sept sages, poésie, calligraphie et musique. C'est une bonne compagnie.

Un écureuil est venu tripoter le cintre que j'avais accroché sur la basse branche d'un pin devant le jardin. Ses petites mains cirées ont laissé aux épaules de ma veste des traînées de résine collante. Dès qu'il a vu que je l'avais remarqué, il a sauté d'un bond sur le tronc en agitant la queue comme pour effacer les traces qu'il aurait pu laisser sur ma rétine.

J'ai laissé tremper ma veste dans un coude du torrent. En une demi-heure, elle était propre et raide de froid. Il va falloir que je descende ici ma lessive. Le débit de l'eau travaillera pour moi. Une planche, néanmoins, ne serait pas de trop.

La forme de mon habitat résulte d'une réflexion sur l'adaptation optimale à l'environnement dans lequel il devait s'inscrire. Un environnement contraignant en lui-même, à quoi s'ajoutait la contrainte de l'autonomie énergétique : aucune bouteille de gaz et aucune ligne électrique, aucun apport extérieur ne devaient servir pour l'éclairer et le chauffer.

Le cylindre est le volume qui offre le moins de résistance au vent. Placé à l'horizontale, il présente peu de prise aux avalanches, fixé pour moitié au-dessus du vide, il n'expose qu'une surface réduite à l'accumulation de la neige.

Mon habitat n'est pas une idée d'extraterrestre. Ni une tocade d'excentrique. Les conditions extérieures d'altitude, de climat, d'isolement ont été intégrées à sa fonction (abriter) pour guider l'élaboration de sa forme. Fonction et situation géographique – l'articulation de ces deux nécessités – ont produit son enveloppe.

S'il y a une esthétique dans ce volume, c'est celle de la survie. S'il y a une décision, c'est la mienne, celle de vouloir m'installer dans des conditions difficiles.

En grande autonomie. À l'abri. Dans un lieu couvert, chauffé par le soleil, où entre la lumière, qui protège.

L'environnement dans lequel j'ai situé mon abri est celui qui me convient. Qui me procure, par l'extérieur, en frottant et raclant l'enveloppe de mon corps qui résiste et s'adapte, la forme nécessaire de ma vie. Ce monde d'isolement, de vide, de grands froids, de grosses chaleurs, de roche dure, de silence et de cris animaux, laisse peu de choix. C'est un guide précis. La situation dans laquelle je suis est pensée, calculée pour établir un entraînement maximal. Je l'ai soigneusement choisie. Je lui ai accordé mon assentiment le plus profond.

Reste à découvrir si l'empreinte qu'elle a laissée dans mon esprit est une lumière – ou une erreur.

Quand je suis remontée de la douche dans le jour naissant, le ventre de mon refuge semblait irradier sa propre lumière. Je me suis arrêtée dessous, entre ses pattes d'acier accrochées au rocher comme celles d'un rapace silencieux et j'ai attendu que le soleil se montre. Quand il m'a touchée, je me suis levée pour aller chercher mon sac et je suis à nouveau descendue en rappel au pied de mon nid.

J'ai pris sur la gauche, le long de la barre rocheuse, dans l'idée de trouver une diagonale dans la roche qui fournirait une voie pour rejoindre mon refuge par ce côté, ainsi qu'un accès à la forêt qui couvre ce versant de montagne. Durant la première demi-heure de marche, j'ai vu deux fissures qui semblaient amorcer des passages possibles pour le retour. Un quart d'heure plus tard, j'étudiais sérieusement une ligne qui montait régulièrement sur plus de deux cent cinquante mètres en direction d'un ressaut derrière lequel était tapi mon abri. J'en ai signalé le point de départ par un petit cairn. Puis j'ai poursuivi mon chemin sur la montagne dont la courbure s'accentuait.

Le bruit d'une cascade m'est brutalement parvenu en passant un mur. Enfoncée dans la montagne comme un clou vibrant, à la verticale absolue, elle sautait d'une hauteur que je n'avais pas assez de recul pour distinguer, rebondissait à mi-pente sur un bloc rouge qui la contrariait sans la ralentir, et se lançait durement sur une plaque lisse, brillante, laquée comme une patinoire. J'ai abordé ce profond repli avec attention, en cherchant du regard un endroit où traverser la chute d'eau vers l'aval. Au creux de cet immense ourlet de pierre, le bruit qui frappait l'air et la roche était assourdissant. J'ai dû me servir de mon bâton pour descendre. Au pied de la plaque, la cascade avait creusé une vasque profonde qu'elle avait élargie au cours des millénaires, la roche alentour avait pris des formes rondes de glissière et de galet.

Quelques mètres plus bas, j'ai trouvé un plan large qui m'a fourni un gué praticable. L'eau n'est pas montée au-dessus de la tige de mes chaussures quand j'ai traversé et je lui en ai été reconnaissante. Passé cette frontière, j'ai radicalement changé d'univers, j'étais en pleine pente au milieu de la forêt. Après une trentaine de mètres, le bruit s'est tu à nouveau. Je me suis dirigée vers la ligne claire que je distinguais sous la tête des pins. J'ai dû contourner plusieurs arbres à terre et me décider à en escalader un, en prenant bien garde aux branches cassées, dures et tranchantes comme des poignards. La pente était raide, j'ai fait plusieurs virages pour l'absorber sans brutalité et changer de main au bâton. L'air était doux, odorant. Le silence baignait mon effort. Il devenait mental, aérien. La ligne claire s'élargissait à mesure de ma progression. Elle était bleue. Un ruisseau a croisé mon chemin, j'ai décidé d'en remonter le cours. Il m'a conduite à la lisière de la forêt, dans un val tendre, ouvert de tous côtés.

L'herbe épaisse, la douceur de la combe, le tapis épars des rhododendrons me reposaient. Jusqu'au pied du pierrier, j'ai marché avec l'aisance, la souplesse, l'énergie profonde que confère un beau terrain associé à un certain degré de fatigue. Plus haut, l'herbe a disparu, les rhododendrons ont couvert la pente. Encore plus haut, j'ai vu des racines tordre le sol, puis des arbres isolés, trapus, à peine touchés de vert, puis des arbres morts foudroyés, tordus et cirés par le grand âge.

Au-dessus d'eux, il n'y avait plus que des pierres. Elles coulaient sous mes pas. Sans mon bâton qui freinait chaque glissade, je n'aurais pas pu traverser le pierrier. Il m'a fallu trois heures. La marche n'avait plus rien de souple ni d'aisé. Je calculais chacun de mes gestes pour qu'ils me coûtent le moins possible.

Puis j'ai atteint la roche nue. Solide, stable, presque plane à ce point de rencontre, et une fois de plus ce jour-là, j'ai eu un mouvement de reconnaissance envers un élément naturel. Il n'était pas question de s'arrêter. Si je m'arrêtais, je n'atteignais pas le sommet. Je le voyais. Il y en avait deux. Deux petits pics qui se détachaient de la masse, l'un à côté de l'autre, d'égale hauteur, des frères jumeaux. Je les voyais mais je sais que voir un sommet ne fournit aucune indication fiable quant à sa distance. Je les avais estimés à une heure de marche, il m'a fallu une heure trente-sept pour les toucher. J'ai mangé sur le premier une boîte de sardines et des galettes. Les yeux écarquillés dans le vide et sur l'autre versant de cette montagne qui n'était plus la mienne, d'aucun côté.

La vallée était profonde, large, spacieuse, divisée en trois branches bien marquées. Le ciel était au-dessus et autour de moi. J'ai vu un vautour planer sous mes semelles. J'aurais bien passé la nuit là. J'ai dormi vingt minutes. Et après. Et après que j'ai eu à nouveau traversé le pierrier, le retour fut un rêve. La cascade était apprivoisée.

(J'ai emprunté la ligne dont j'avais marqué l'emplacement ce matin, c'est une très bonne voie jusqu'au ressaut. Celui-ci donne un peu de fil à retordre mais il faisait nuit, j'irai le revoir de jour.)

Quand je suis sous le surplomb, dans sa présence, dans la position de supporter la pression qu'il dégage et de percevoir par l'oreille interne une autre durée que la mienne, je pourrais me demander ce qui m'a amenée là. Qu'est-ce que je fous là ? De quel genre relève l'activité qui me met dans la situation d'être oppressée par une chute si ralentie qu'elle en tord ma perception du temps ? Un loisir ? Une occupation contemplative, sportive, mentale ? Une expérience ? Une pratique du détachement ? Quoi qu'il en soit, je ne reste pas sous le surplomb. Si j'ai suffisamment de technique et de force, je peux le réduire à un obstacle. Et l'obstacle fait toujours partie du chemin car s'il le détourne, il le façonne et s'il ne le détourne pas, il s'y incorpore. Un obstacle absolu couperait le chemin. Mais alors il le changerait en impasse, et il n'y a pas d'obstacle dans une impasse. Il n'y a qu'un demi-tour. On choisit. Un détour ou une balle dans la tête.

Quand je suis devant cet homme armé, debout, au coin d'une rue, qu'il me met en joue, dans la position de supporter l'expression de sa volonté, la masse d'air en avant de la balle qui peut partir d'un moment à l'autre, qu'est-ce qui pèse sur moi ?

Qu'est-ce qui pèse quand la menace est proférée ? De quel surplomb s'agit-il ? Quelle est la saillie rocheuse qu'un des deux tient au-dessus de l'autre ? La mort, la possibilité d'y échapper ? Quelle est la chute immobile qui a néanmoins lieu ? Quand il me dit un pas de plus et je te tire dessus, est-ce qu'il me dit aussi si tu ne bouges pas, tu auras la vie sauve, ne bouge pas, ta vie sauve contre un arrêt ? Est-ce qu'il échange ma vie pour du vent ? Est-ce la peur ou l'espoir qui me tétanise, les mains inertes, les genoux tremblants, plantée raide au coin d'un des nombreux carrefours d'une ville normale, affairée, pleine de lumière, de bruits, de coups de frein et d'activités pacifiques ? La peur ou l'espoir ? De quoi parle-t-il ? La balle n'est pas encore partie, la masse d'air qui la précède n'est pas encore en mouvement, la masse d'air qui se déplace en avant se déplace en avant d'une parole. Seulement d'une parole. L'homme armé qui profère la menace use du vent. De la voix, du conditionnel, et du vent. Il me fait croire que la balle est déjà partie mais que je peux y changer quelque chose. Si je ne bouge pas. Que sa menace est déjà exécutée mais que je peux l'annuler. Ça m'arrête. Je m'arrête. Je lève les mains. Je tourne la flèche du temps dans un sens, dans un autre. Je regarde sa barbe, ses yeux vivants, le canon de son arme, et je sens le présent, écrasée, l'oppression, le seul temps dans lequel nous sommes réellement plongés, figé, toujours en fuite.

Le présent. Une impasse ouverte sur l'infini des deux côtés.

J'ai posé la première pierre d'angle avec beaucoup de soin, puis toutes celles de l'assise en choisissant parmi les plus solides et les plus longues. Un mètre quarante de hauteur devrait suffire à créer le microclimat dont j'ai besoin pour mes plantations. Le travail de taille est intéressant, le granite se coupe franchement, je commence à comprendre où toucher la pierre pour la façonner en quelques coups. Je n'ai pas l'impression de construire. Plutôt celle de faire apparaître, dans les bras vides des cordeaux, quelque chose qui s'y trouvait déjà.

Assembler les pierres est un jeu de l'esprit assez comparable à la marche dans les blocs. Ce sont elles qui dictent le geste, le reste est une affaire de calcul et d'économie intuitifs. Comme le déplacement, la construction est un agencement spatial dynamique, un ensemble de petites décisions rapides dont l'enchaînement va décider de la cohérence pour le mur et de la fluidité pour le parcours.

Le bruit de la massette est sec et doux. Un geai m'observe depuis le début des travaux. Il vient se poser à intervalles réguliers au sommet d'un bloc enfoui dans les rhododendrons sur ma droite, à distance respectable. Combien d'autres bêtes sont en train de noter ma présence au milieu de la montagne ? Dans quel faisceau de consciences mes faits et gestes sont-ils pris sans que j'en sache rien ? Il y a très probablement un groupe de marmottes qui relaient des informations à mon sujet.

Ma position, mon attitude générale sont des variables dont il faut tenir compte. Elles s'échangent sans doute des données sur mon odeur. Une loutre a remarqué des changements et visité le bassin à truites comme une inexplicable nouveauté, j'ai vu ses traces dans le cresson en descendant ce matin. Un petit troupeau de caprins roux m'a certainement éventée depuis les contreforts du lac dès que j'ai mis les pieds sur la pelouse. Un rapace en passant tout à l'heure n'a pas manqué de voir les picots verts sur la paume de mes gants de travail. Ma présence est perçue et commentée sous de multiples points de vue. Le geai qui niche dans le coin vient régulièrement vérifier la rumeur avant de la confirmer en criant et de repartir à ses occupations de geai. Ma présence est construite à partir de formes de vie animales. Qu'est-ce que cela change ? Si je pouvais lever la carte de leurs perceptions, quels contours aurait mon corps ? À quoi ressembleraient mes gestes ? Mes arrêts, mes pauses, mes stations actives, passives, ma façon de pêcher et de me nourrir ? Et si c'était seulement au milieu d'une multitude de formes de vie différentes qu'on pouvait obtenir la sienne propre ? La plus complexe, la plus libre, la plus désintéressée.

Quand je suis arrivée ce matin, la terre était partiellement gelée. Heureusement que j'ai paillé les douves de mes bambous. J'ai bu de l'eau chaude en regardant fondre le givre sur les mottes retournées quand les premiers rayons du soleil les ont touchées. J'ai hâte de voir cette résille scintillante apparaître et disparaître sur les voiles de forçage quand je les aurai installés.

Ma thermos posée sur une boutisse du mur en construction en plein soleil au milieu de la matinée m'est apparue tout à coup comme une chose complètement étrangère, étonnante. Un obus désamorcé, le sommet d'une civilisation disparue, une impeccable et incompréhensible relique. Mais dix secondes après, je savais ce qu'elle contenait et je dévissais son bouchon le plus naturellement du monde.

Au soleil, j'ai continué de remplir mes cahiers.

Guider quelqu'un, ce n'est pas seulement le prendre par la main. On peut guider de la voix, on peut faire un schéma, donner une explication verbale, énumérer des préceptes, élaborer des règles. Un guide n'est pas nécessairement une rampe.

Je peux, seule, grimper en m'auto-assurant. C'est long et technique mais c'est possible. Quand je suis sur une paroi, je peux utiliser cette corde, ces pitons et ce grigri qui bloquera ma chute et maintiendra la vitesse acceptable et le juste intervalle entre mon corps et les roches au fond du gouffre. Sur quels pitons, avec quel grigri, sur quelle corde arrimer la marche d'une vie ? Comment maintenir la bonne distance avec ce qui arrive, au moyen de quoi ? De quelles règles, de quel guidage et comment les évaluer ?

Être vigilant, se placer où il faut dans les conditions optimales. Ni en danger ni hors de danger.

Les nuages, la pluie, la roche, les semis, les bois, les corps, sont des guides savants.

Je ne me suis pas détachée par erreur, ni par lassitude, ni par aveuglement. Je travaille à mon détachement. Je suis en pleine santé.

La pêche avait été bonne, j'avais mangé deux truites au feu de bois et j'en avais porté trois autres dans le bassin de garde dont l'aménagement était terminé. La sieste avait été bonne aussi, sur l'herbe au soleil, l'oreille remplie du bruit liquide du filet d'eau avec lequel jouaient mes captures sous les plaques de cresson que j'avais épargnées.

Quand je me suis réveillée, la tête bien calée contre une motte d'herbe, le soleil frappait une surface métallique grosse comme le poing au sommet d'un pin. J'ai d'abord pensé à un geai, aux éclats bleus et blancs qu'ils jettent en s'envolant, mais je n'entendais pas le cri rauque de l'oiseau. Le soleil s'est voilé, il est réapparu et la surface métallique a brillé de nouveau. J'en ai noté l'emplacement. Ce n'était pas exactement sur la cime d'un pin mais parmi les aiguilles, dans l'épaisseur du houppier.

Après quelques minutes de recherche, j'ai repéré l'arbre, d'abord l'arbre, puis les trois autres. La surface métallique n'était pas grosse comme le poing mais comme une porte d'armoire. Elle prenait appui à la verticale sur deux troncs. Elle était en tôle ondulée, fixée sur le corps des fûts par des cales grossières nouées au tronc au moyen d'une corde végétale effilochée. En tournant autour des deux autres, j'ai vu des plaques de tôle fixées sur chacun. Une palette de bois fermait le volume et faisait office de plancher. Il n'y avait pas de toit. Des restes de tasseaux ficelés au fût à intervalles réguliers attestaient de la présence d'une échelle qui avait permis de monter. Je suis allée chercher une corde dans l'appentis. Une corde et un grappin. Pour aller plus vite, j'ai pris à travers les bois, le lac à main gauche.

Au moment de sortir du couvert, un son de cloche m'a arrêtée net. Un son profond, caverneux comme un coup de trompe mais clair, très proche. Il s'est répété trois fois avant que j'en découvre l'origine. Je les ai vus en pivotant d'un quart. Au cœur d'un groupe d'arbres, à peine apparents, une bande d'oiseaux étrangement silencieux épluchait des pommes de pin et jetait les rebuts, parfois des pommes entières, à grands coups de bec tout autour d'eux.

Alors que j'approchais avec précaution, un cri d'alarme fut lancé et toute la bande disparut en un clin d'œil. Une dernière pomme de pin dégringola dans leur fuite et produisit en tombant le son clair et caverneux qui m'avait intriguée. Je me suis approchée un peu plus et dans un buisson de genêts, j'ai découvert une baignoire en fonte émaillée dont les bords étaient maculés de fiente et de résine. Le fond était rempli de brindilles et de pommes de pin à demi dévorées. En fouillant dedans, j'ai dérangé un campagnol.

J'ai repéré l'endroit et j'ai repris mon chemin vers l'appentis d'où j'ai rapporté, en plus de la corde et du grappin, un seau. Une fois que j'ai eu vidé la baignoire, je l'ai soigneusement examinée. Apparemment elle n'était pas trouée. J'ai emporté le seau, le grappin et la corde et je me suis dirigée vers ma première découverte. J'ai lancé le grappin vers une branche haute qu'il a fermement agrippée. J'ai testé la corde et je me suis mise à grimper. Le bois sentait la térébenthine, je respirais profondément. Au niveau du plancher, j'ai constaté que la palette avait beaucoup souffert et qu'elle n'était pas fiable. Les points d'accroche au tronc, en revanche, paraissaient solides. Les plaques de tôle étaient tapissées de lichens et superficiellement rouillées. Partout, hormis sur une surface circulaire d'une dizaine de centimètres de diamètre en leur centre, à l'intérieur et à l'extérieur.

Je me suis assise sur une branche latérale pour examiner la situation. Je voyais le lac mais la pelouse m'était cachée par les autres pins au milieu desquels j'étais assise. Dans leurs cheveux piquants. Au bord d'un ancien nid de chasseurs, très certainement. Je me suis approchée davantage et j'ai détaillé l'intérieur du volume. Je n'ai pas vu de douille, aucune bouteille vide, aucun déchet. Une planche de la palette bâillait vers le sol, je l'ai décrochée d'un bon coup de pied. Je suis redescendue et j'ai mis une éternité à récupérer le grappin. J'ai ramassé la planche, mon seau, j'ai enroulé la corde et je suis retournée vers la baignoire. Elle n'était pas très éloignée du torrent ni de la lisière des bois côté pelouse, à peine cent cinquante mètres. Elle était d'une blancheur et d'une matière déplacée. Je suis allée puiser de l'eau et je l'ai vidée dedans. Il m'a fallu quinze allers-retours pour la remplir. Elle ne fuyait pas. Protégée par les détritus de bois et les écailles de pommes de pin, la bonde non plus n'avait pas bougé.

Dans l'appentis, j'ai remis le seau, la corde et le grappin à leur place et je suis allée porter la planche dans le coude du torrent – pour ma lessive.

La menace pourrait-elle être une contrainte forte et la promesse une contrainte douce ?

Est-il impossible de *ne pas* s'engager dans la relation de promesse ou de menace ? De ne pas *y être* engagé. Tout se passe comme si la volonté ou la tentative de ne pas s'engager dans ce type de négociation équivalait à une réponse qui serait faite à l'intérieur de cette négociation.

Ni la menace ni la promesse ne peuvent être ignorées. C'est le putsch de l'autre contre soi. Ou de soi contre soi. Une prise de pouvoir.

Une menace est un guide précis. Et une promesse ?

J'ai fait le ménage ce matin. En grand. J'ai ouvert au maximum l'œil-de-bœuf en prenant soin de le bloquer sur le dernier cran de la patte de sûreté. J'ai ouvert la porte, je l'ai bloquée aussi et j'ai laissé l'air traverser mon habitacle de part en part, comme un coup de vent en pleine mer. Puis j'ai fermé la porte, pas l'œil, j'ai secoué ma couverture de soie, frappé mon oreiller, épousseté les étagères. J'ai fait glisser la table sur la longueur de la paroi, déplacé le cube, sorti le coussin et le tapis de sol, je les ai secoués eux aussi. J'ai passé un chiffon sur les assises et à l'intérieur du placard à vaisselle, du compartiment à skis et à chaussures. J'ai passé le balai et jeté toutes les poussières dans la vallée. La vaisselle est faite et rangée après chaque repas, j'ai seulement gratté une casserole dont le fond s'était coloré. J'ai démonté, essuyé et huilé ma carabine. Je l'ai remise à sa place devant les paquets de cartouches. J'ai passé sur le sol une serpillière imbibée d'eau et de savon noir. Je l'ai rincé, puis je suis montée sur le toit pour vérifier le bon état des panneaux. Tout allait bien. Je suis descendue au bloc sanitaire, j'ai nettoyé la douche, les toilettes, les parois, j'ai tout laissé ouvert pour que les surfaces sèchent. J'ai coiffé un chardon bleu avec la serpillière essorée.

Quand le sol chez moi a été sec, j'ai sorti mon torchon pour les vitres, et j'ai nettoyé au vinaigre d'alcool le grand carreau divisé en quatre de l'œil-de-bœuf. À l'extérieur, je me tenais sur le rebord de cinquante centimètres qui protège la vitre du vent direct, au-dessus du vide, et j'ai eu tout à coup l'impression d'être un de ces cordistes laveurs de carreaux pendus à un gratte-ciel en pleine ville – sans prise de main. Perdue au milieu de la paroi courbe d'un building sur une passerelle étroite accrochée par des ventouses glissantes à la surface lisse du verre, loin au-dessus des fourmis, des taxis jaunes, des avenues frémissantes, des bouchons, en plein air. L'Empire State devant moi et la masse somptueuse des constructions humaines, nombreuses et ordonnées, trouées d'yeux carrés, pleines de vide, agencées. Loin au-dessus de la plaine de Central Park, rase et nue comme la main, loin au-dessus du miroir des eaux, nez à nez avec la couronne du Chrysler, le dos contre l'espace creusé dans le ciel par les millions de pierres, de briques, d'efforts, de vies brûlées à reconstruire des montagnes effacées depuis le pliocène, fichée debout, fragile, au cœur d'une géologie humaine, les oreilles pleines de bruit, les jambes secouées de tremblements, le souffle coupé. J'ai fermé les yeux. Je me suis rappelé le nombre des avenues à partir du Rockefeller Center jusqu'à l'East River, jusqu'à l'autre, la grosse veine de Broadway, celle de la cinquième, la beauté des quais à Fulton, les deux trous béants de pleurs enfoncés dans la pointe de l'île, la statuaire. J'ai repris le quadrillage du nord au sud et j'ai posé tout ça à plat sur ma pelouse, Harlem, le gros réservoir, le MoMA, Grand Central, l'Empire State à nouveau, les villages, le temps passé, les Chinois et le gazon artificiel plein de rats. Quand j'ai senti l'océan, l'iode, l'ouvert, le vide, j'ai posé mon flacon de vinaigre et je me suis assise le dos contre la vitre. J'ai rouvert les yeux. Le ciel était chargé de nuages étirés. J'ai regardé la roche, les portes de mon bloc sanitaire, la serpillière qui balançait la tête sur son chardon et j'ai attendu que le son des klaxons et du vent d'altitude s'évanouisse graduellement. Il s'est évanoui. Et subitement, mon habitacle m'est apparu comme le dernier éclat d'une technologie avancée tandis que toutes les villes gisaient à mes pieds, pétrifiées, recouvertes, méconnaissables et même insoupçonnables.

    J'ai terminé mon nettoyage en faisant bien attention à ne pas faire de traces, puis je suis rentrée en laissant un jour pour que l'odeur du vinaigre s'évapore. J'avais faim.

Je me suis étendue sur la couchette pour regarder le plafond. Ne rien faire est aussi une occupation que j'ai prévue. Elle est importante. Et difficile. Allongée les yeux ouverts, je me suis efforcée de seulement percevoir le courant d'air qui passait par l'œil-de-bœuf comme un visiteur délicat. Il était à peine plus froid que le mélange dans lequel j'évolue tous les jours quand je suis à l'intérieur, mais il avait quelque chose de plus vif, de plus fringant, de salé. Il faisait vibrer très bas une corde de mon violoncelle en passant. Je l'entendais, loin au bout de la pièce, un son très doux, infime, un son qui n'aurait pas été audible sans la caisse de l'instrument. Je croyais l'entendre.

Et si le corps était une insertion dans l'espace ? Notre moyen de prendre place, comme un coin dans une bûche. Notre vecteur. J'avais vraiment très faim. Je suis allée fermer les portes du bloc sanitaire, récupérer ma serpillière (sèche), ranger mon balai et j'ai fait l'inventaire du cellier. Puis je me suis préparé avec soin un repas complet et satisfaisant. Le jardin m'attend, le mur du jardin m'attend, la paroi m'attend, la concentration m'attend. Je suis un corps dans l'espace, vivant, je mange. J'ai beaucoup à faire mais qu'importe quand et comment puisque tout fait partie de mon entraînement. Tu mâches bien, tu manges. Quand j'ai eu terminé, j'ai fait ma vaisselle et je l'ai rangée. Et pour rendre la politesse au courant d'air qui était passé chez moi, je me suis assise devant mon grand carreau dont j'avais réglé l'ouverture au premier cran, et l'instrument emboîté à la face interne de mes genoux, le poignet souple, la tête pas trop en avant, posée sur mes ischions, en appui, dans la posture, j'ai joué les dix minutes de vomi, de grincements, de pincements, de râles, de souffle, de coups, de glisse, de percées, de dégringolades, de soudures et de pression de *Pression* de Lachenmann. À cet endroit-là de l'espace, à l'extrémité de mon habitacle suspendu dans le vide, insérée, la fenêtre légèrement ouverte, comme sur une place chauve. J'étais là pour ça.

On peut se faire une promesse à soi-même. Parce que dans le jeu de la promesse, la seule règle, et généralement la seule difficulté, c'est de la tenir.
La promesse est-elle la méthode elle-même ?

Je suis partie dans la nuit. Parce que je commence à connaître le chemin pour aller au lac et que j'espérais toucher le col de l'autre côté avant le soleil. Après avoir lâché le bout de ma corde de rappel devant le module sanitaire, j'ai dévalé la pelouse d'un trait, salué mon jardin en passant, son beau mur droit – les autres attendront –, et j'ai plongé sous les pins. Le murmure du lac m'a souhaité bon matin, il était plus tard que je croyais, la lumière de la lune frisait la surface de l'eau. Elle était si froide, si bleue, elle annonçait impérativement le petit jour. J'ai pris la gravière sur ma gauche, je suis passée par mon poste de pêche sur le tronc qui saute le torrent et j'ai commencé à longer le lac parmi les blocs éboulés.

Je n'avais pas besoin de torche, tout était d'une grande clarté. Les angles, la plaque frémissante de l'eau, le dessin noir des montagnes que je voulais atteindre. Aux deux tiers du parcours, j'ai dû traverser un ruisseau assez important dont j'ai noté mentalement l'emplacement – un poste à tenter. Je me suis retournée en arrivant sur la plage de petits graviers qui borde le fond du lac de ce côté et j'ai jeté un œil sur mon bois de pin et le bout de pelouse au-dessus.

Tout était calme, la rosée n'allait plus tarder. Je me suis approchée de la végétation qui couvrait le flanc de la montagne devant moi en cherchant le départ d'une sente animale. Le jour pénétrait mal dans ces petits taillis, il m'a fallu un peu de temps pour découvrir une voie qui semblait praticable. Elle montait raide et directement dans la pente, je l'ai prise.

Après un peu plus d'une heure de progression parmi de grosses racines et des rochers tordus comme des nains, une bouffée d'air s'est installée au-dessus de ma tête et bientôt, il y a eu un replat, une grande pierre plate bordée de graminées après quoi la pente reprenait.

Je me suis arrêtée là un instant pour écouter l'espace. Il était plein de ma respiration. J'ai regardé un paquet de crottes rondes au beau milieu de la pierre. Légèrement luisantes. Et quand mon souffle s'est régularisé, j'ai repris mon ascension. Il me fallait encore vingt minutes pour arriver à une autre plate-forme et de là, embrasser tout ce vide et toute la masse de la montagne qui dominait le vieux sentier montant de la vallée dont le tracé se perdait dans les pins noirs bien en dessous du lac.

J'ai longé le vide le plus longtemps possible, puis j'ai bifurqué sur la gauche et pris pied sur une pelouse rase couverte de rosée. Très rapidement, j'ai eu de l'eau jusqu'aux genoux. Mon pantalon s'est plaqué sur mes mollets. Le corps chaud, les muscles raidis, j'ai suivi le reste de pente qui désormais, montait tranquillement et j'ai atteint le col. De l'autre côté tout était ouvert, étalé, érodé, doux. Le soleil glissait partout. Les montagnes étaient emballées de laine tendre, d'un vert rabattu que la rosée allumait. Les sommets étaient ronds, la lenteur de leur courbe m'apaisait.

J'ai senti mon corps se poser et s'alléger dans le même moment. Ma respiration était ample, à l'image de ce qui se présentait à mes yeux et dans quoi j'étais plongée. Je sentais les ondes du ressac enfui battre sous mes pieds, battre dans mes tympans, dans le fond de ma gorge, il était engourdi, nonchalant. Quand le soleil m'a prise dans sa main jaune, j'étais éveillée, endormie, endormie debout, et j'ai produit un formidable bâillement. Un bâillement de chien après la sieste, la gueule grande, grande ouverte. Un bâillement de carpe, de corneille. Je me suis aperçue que mon pantalon était sec. J'ai choisi une pierre plate dont la hauteur me paraissait convenir et je me suis assise face à cette vallée douce comme face à un mur, les jambes croisées, les talons sur les méridiens, les mains en position, dans la posture. Et je me suis décidée à respirer à l'intérieur de la concentration.

La faim m'a déplié les jambes. Une faim énorme, d'un coup. L'œuf dur, les tomates séchées, le cornichon, le chocolat, ce fut un festin. J'étais toujours dans la concentration. Je sentais les fibres, le goût de chaque aliment était une matière, le goût. L'eau qu'ils contenaient, une source. Ce que j'avalais, l'énergie. La pelouse autour de moi, tous les brins, un par un, la puissance. Les nuages sur ma tête, la sauterelle sur ma jambe, dans ma main : la puissance.

C'est dans le soleil que j'ai suivi une sente sur ma gauche qui m'a amenée à descendre, puis à monter sur le contrefort de cette vallée qui m'était maintenant occultée. Et je suis arrivée sur une crête d'où j'ai vu l'enclave de l'autre massif où trois lacs les uns sur les autres rebondissent. Entre deux d'entre eux, il y a une cabane de pierre, haute et large, avec des fenêtres. J'ai longé la crête jusqu'à ce que ce ne soit plus possible, et j'ai repris une piste sur mon côté de la montagne pour me retrouver au pied du grand cirque à la nuit tombante, sur mes terres. Avant de descendre, j'ai regardé briller dans le creux de la main du géant du pliocène les points minuscules phosphorescents de mes cairns.

Il n'y a pas, n'est-ce pas, de promesse sans contrepartie ? Ou il y en a ? Je ne vois pas.

La meilleure menace est celle qui se passe de son exécution parce que c'est là précisément que réside son pouvoir, la pression qu'elle exerce : *ne pas* se réaliser.

Est-ce que refuser l'autorité à celui qui l'exige par la menace, c'est précisément s'approprier ce qu'il demande ? Est-ce pour cette raison qu'il est impossible d'ignorer une menace ? Plus encore qu'une promesse.

L'autorité : le grand jeu de l'humanité ?

J'avais monté plusieurs rangs du mur ouest de mon potager avant de me mettre en route. Le geai ne s'était pas beaucoup soucié de mes actes. Je me suis rafraîchie au ruisseau, j'ai rempli ma gourde en jetant un œil sur mes truites et je suis partie avec mon casse-croûte en direction du grand cirque. Le soleil qui donnait sur le granite depuis plusieurs heures avait considérablement chauffé le fond de la grande cuve. Au milieu du chemin des cairns, j'ai dû enlever deux couches de vêtements d'un coup. J'ai glissé mon pull dans mon sac et ma veste sous une pierre marquée.

Durant cet arrêt, je me suis aperçue que je distinguais clairement une ligne transversale qui barrait la montagne face au pic de 2 871 mètres auquel je n'avais pas encore donné de nom. Je l'ai observée aux jumelles et j'ai confirmé ma première impression : c'était une sente animale très propre qui menait sans détour à une brèche ouverte sur la crête entre deux blocs tranchants qui ressemblaient à deux écailles de dragon. J'ai supposé qu'elle devait se poursuivre sur le versant invisible de la même façon nette. J'ai pris quelques repères – un gros arbre gris solitaire sur la droite au départ de la sente, une touffe de genêt juste au-dessous du tracé vers le milieu du parcours – et j'ai commencé la traversée du cirque.

Le soleil était à son zénith et frappait la pierre qui renvoyait la chaleur et la lumière comme une plaque d'aluminium, c'était éblouissant. Les nuages qui le masquaient de temps en temps, poussés par le vent, faisaient circuler de longues langues fraîches bienfaisantes sur le fond de cette poêle brûlante. C'était le premier jour de vraie chaleur depuis mon installation, j'ai pris à ce moment-là la mesure de ce que serait l'été et je me suis promis de ne plus sortir sans chapeau. Je suis arrivée au pied de la sente en nage. J'ai ôté mon T-shirt et mon soutien-gorge que j'ai fourré dans mon sac, j'ai remis mon T-shirt pour éviter les coups de soleil et j'ai attaqué la pente. Il y avait à nouveau des crottes noires et dures le long du chemin. Les déjections sont des guides fiables. À plusieurs reprises, quand le tracé s'estompait ou que mon angle de vue n'était pas favorable, les petites masses noires confirmaient la direction. La voie était large comme deux mains côte à côte, à fleur de pente, et celle-ci était très rapide et très lisse. Le lit d'un ruisseau sec la coupa brutalement sur cinquante centimètres et ma respiration se bloqua.

J'ai soufflé lentement en allongeant le pas, concentrée sur le pas suivant, le regard posé plus haut sur le maigre ruban de poussière jaune dont l'homogénéité était rassurante. Quelques amas rocheux, violets, très hérissés, encombrèrent ma progression en deux ou trois autres endroits mais sans la ralentir. La pente constante, régulière, était idéale à monter. L'effort sans variation permettait au corps de se couler dans le relief, à l'esprit dans l'espace. Quand j'en ai eu fini avec ce pan de montagne que j'imaginais pouvoir descendre en hiver en trois virages bien serrés, le soleil était noyé dans une bourre de nuages ocre et dans la brèche, le vent s'engouffrait à toute allure entre les deux blocs qu'il semblait vouloir arracher de la crête.

J'ai remis mon pull et j'ai immédiatement regretté ma veste. J'ai rapidement descendu une dizaine de mètres sur l'autre versant, au petit bonheur car il n'y avait plus de sente, et le vent est passé au-dessus de ma tête sans plus me toucher.

Assise sur une pierre bien plate en haut de l'immense pierrier qui dégringolait jusqu'au fond de la vallée au bord du premier lac, j'ai soufflé et j'ai à nouveau enlevé mon pull. La chaleur de la pierre – grande comme deux lits – et celle qui filtrait à travers les nuages étaient d'une douceur parfaite. Je me suis allongée la tête sur mon sac et j'ai entrepris d'observer ce qui se passait, s'était passé là, sous mes yeux, quelques millions d'années auparavant. Quand la roche liquide s'était cristallisée dans les réservoirs en attendant la venue des grands arbres, des premiers œufs, des champignons capables de dégrader le charbon, avant qu'il gèle à nouveau sur une épaisseur insensée, aussi large que le temps, que la glace façonne le granite comme une arène, qu'elle fonde et laisse le souvenir des trente hectares d'eau transparente qui brillaient à mes pieds, des vingt-cinq du deuxième lac qui flanquait le premier, et des vingt du troisième en contrebas, comme autant de répliques atténuées, autant de figures du regret.

Sur la bande de terre qui séparait les deux réservoirs, j'ai retrouvé la cabane que j'avais aperçue depuis le col aux plates-formes lors de ma dernière sortie d'exploration. Haute et large, avec des fenêtres. Je la voyais bien mieux depuis mon nouveau poste. Elle était en pierre cimentée, avait trois fenêtres à l'étage, deux au rez-de-chaussée et une porte étroite. Toutes les huisseries étaient peintes dans un vert qui avait dû être vif et qui tirait désormais sur le blanc. Le toit était d'ardoise, en bon état, équipé d'arrêts de neige métalliques, la cheminée ne fumait pas. Une inscription délavée indiquait « Compagnie électrique de la Haute Vallée ». Deux bancs flanquaient l'entrée de chaque côté. Et sur celui de droite, se tenait une petite forme ronde, ramassée que j'ai d'abord prise pour un vêtement oublié, un parka ou une couverture.

Quand j'ai vu le tas de laine produire un bras long, maigre, agité de secousses, mes boyaux se sont serrés dans mon ventre. J'ai reposé d'instinct les jumelles. La décharge d'adrénaline a fait fourmiller mes doigts de pied et mes mains. J'ai repris les jumelles en respirant profondément. Le tas de laine était toujours sur le banc, un bras en sortait, c'était un fait, et au bout, une main sèche continuait de s'agiter vigoureusement. Elle était comme une patte d'oiseau, tout en cuir et un doigt, je l'ai vu nettement, était pourvu d'un ongle d'au moins vingt centimètres. Je n'aurais pas pu le distinguer s'il n'avait pas atteint cette dimension. Pas à la distance à laquelle j'étais sur ma pierre plate et chaude.

Je ne sais pas si c'est l'apparition de ce bras, ou sa disparition soudaine, absolue, qui me fit le plus d'effet mais sans penser un instant que quelqu'un pouvait être en danger dans le tas de chiffons, j'ai rangé les jumelles, j'ai repris mon sac, j'ai remonté la dizaine de mètres qui me séparaient de la crête et j'ai plongé avec soulagement dans le vent de la brèche. Je ne me souviens pas de la descente jusqu'au cirque.

J'ai oublié ma veste sous la pierre.

Les premières méthodes sont celles du corps, elles nous sont transmises. On peut construire d'autres méthodes (et faire d'autres promesses) mais elles auront la forme de toutes les méthodes et de toutes les promesses. La forme des tentatives humaines pour s'orienter dans le monde, tenir aux autres, apprendre à vivre, vivre.

Il faut s'y fier si on ne veut pas les voir s'anéantir.

J'avais trop retourné la terre. Les graines des mauvaises herbes s'étaient trouvées plantées au chaud grâce à ma préparation du sol, elles pointaient leurs innombrables pousses vers le ciel. J'ai dû repasser le croc sur toute la surface en faisant bien attention de les déraciner sans en enterrer de nouvelles. La mésaventure a un bon côté, je sais qu'il est temps maintenant de faire les premiers semis en pleine terre. Il ne gèle plus que très superficiellement à l'aube, la pose à blanc d'un voile de forçage durant quelques jours a permis de réchauffer suffisamment les planches de cultures pour procéder aux faux semis. J'ai donc semé betteraves, fèves, laitues, navets et poireaux et j'ai reposé sur leurs têtes le long voile blanchâtre. J'ai placé les aromatiques contre le muret sud : persil, aneth, coriandre. Et planté encore cent soixante-dix pommes de terre d'altitude (la fleur de pêcher à main gauche, la bleue d'Auvergne à main droite), pas trop profondément, le germe en haut, sur quoi j'ai rabattu au sarcloir des deux côtés une bonne poignée de terre de façon à constituer deux tumulus bas et symétriques. Je sais où trouver l'épinard sauvage, j'ai donc abandonné sa variété domestique. De la même façon, j'ai repéré des pieds d'origan, je me passerai de thym. L'estragon, la livèche, le romarin, la ciboulette en revanche, j'en ai fait toute une planche bien exposée. Puis je suis allée touiller mon purin d'ortie – bien puant. Il n'y a pas grand-chose sur mon compost, les quelques coquilles des œufs que j'ai mangés (une époque révolue), un petit kilo d'épluchures et quelques fines couches d'herbes que j'ai réussi à faire sécher.

Il me restait encore à monter la moitié d'un mur. Et à trouver des rondins d'une vingtaine de centimètres de diamètre pour délimiter mes terrasses.

L'apparition massive des mauvaises herbes a donné le signal de départ de la saison. Je sais qu'elle sera courte et qu'il n'y a pas de temps à perdre. Mais la rapidité de cette invasion m'avait prise de court et j'ai commencé à me désorganiser. J'ai voulu terminer le mur, et j'y suis restée bien après le coucher du soleil. Les étoiles perçaient la nuit et auguraient d'un petit jour glacial. Quand j'ai enfin placé mon dernier coup de massette sur la dernière pierre, il devait être trois heures du matin. J'ai laissé l'outil sur le mur et j'ai couru au bloc de jardinage récupérer les derniers voiles de forçage, des bâches et même une couverture que j'ai étalée sur mes semis le plus vite possible avant l'aube. J'ai attendu. Quand les oiseaux ont commencé à se manifester et que la pelouse s'est mise à goutter lentement comme si tous ses brins transpiraient, je me sentis mieux.

J'ai attendu encore que le soleil monte et j'ai enlevé les protections de fortune. Il ne fallait pas non plus bloquer la germination. J'ai roulé et rangé les voiles, les bâches, la couverture et la massette dans le bloc jardinage, puis j'ai filé sous les pins avec la hache, il fallait que je trouve des rondins. J'étais prête à tailler de jeunes arbres si c'était nécessaire. Le geai m'a crié dessus quand je suis passée en coup de vent devant mon jardin enfin clos, et il s'est envolé en lâchant une fiente. J'ai haussé les épaules. Je suis certaine qu'il sera le premier à venir piquer les pousses des petits pois qu'il prendra pour de gros vers gras. Je lui réserve une méthode. En m'enfonçant dans le sous-bois, j'ai sensiblement changé de rythme. L'inquiétude qui avait mobilisé mes forces est tombée d'elle-même. L'odeur, le volume de l'air, le son feutré de mes pas, la sérénité m'ont cueillie tous ensemble, et l'espace a subitement changé de texture. J'ai eu conscience de mon poids, de ma présence, de l'échange gazeux que j'entretenais avec mon milieu. Je me suis souvenue des cyanobactéries. Je les ai vues comme des vers plats, mous, aveugles, aspirant le carbone et rejetant l'oxygène qui allait déclencher la production de fer rubané, la grande oxydation, la grande glaciation huronienne et le développement des organismes complexes. Des libellules de soixante-quinze centimètres, des baleines d'un hectare, des singes à pouce opposable, des hommes debout devaient à cet invisible fil vert la possibilité de pratiquer la respiration. C'est en absorbant un élément chimique cristallogène que les cyanobactéries avaient produit ce qui permettrait à des milliards de formes de vie aérobies de respirer à leur tour, à leur manière. Comme si elles avaient creusé dans une atmosphère solide et expulsé des tunnels d'une matière fluide, volatile et résistante dans laquelle nous allions pouvoir vivre : l'air. Vivre : inspirer, expirer, se déplacer, s'appuyer, fabriquer de l'énergie.

C'est alors que j'ai abattu les vingt pins dont j'avais besoin, et que mon protocole de coupe est devenu si coulant à mesure que j'abattais, que j'inspirais, que j'expirais, qu'il fallut le cri de sorcière d'une effraie pour me sortir de l'action. Avec un bon frisson. La nuit n'était pas tout à fait tombée, ce cri me parut insolite. Sans le vouloir, j'ai repensé à la main de rapace que j'avais vu sortir d'un tas de laine sombre, et j'ai eu un second frisson. J'ai rassemblé mes troncs et j'ai commencé de les tirer vers le jardin. Les deux derniers, je les ai laissé retomber avec un vrai soulagement. Je suis allée ranger la hache dans le module de jardinage avant de remonter, mais lorsque j'ai vu la couverture qui avait servi à protéger mes semis, je me suis rendu compte que j'étais debout depuis plus de trente-quatre heures et je me suis ravisée. Je me suis rendue sous les pins à la baignoire, je l'ai nettoyée des dernières brindilles sèches qui y étaient tombées. J'ai ramassé des brassées d'épines sèches, je les ai jetées au fond et je m'y suis couchée, la hache sur le ventre, la couverture jusqu'au cou. J'ai encore eu le temps d'espérer, dans ma fatigue, que mon corps n'oublie pas de respirer.

Les conditions idéales sont-elles celles auxquelles on ne peut pas échapper, celles qui nous obligent ?

La promesse et la menace sont-elles deux façons d'évaluer et de traiter le risque inhérent à toute rencontre humaine ? Deux possibilités de transformer la violence ? De la régler (réglage). De la négocier (équilibrage).

Il n'y aurait rien de plus dangereux alors qu'une relation humaine qui ne serait ni une promesse, ni une menace. Qui n'aurait rien d'une annonce.

Moi aussi je les ai éventés les isards qui me surveillent depuis les contreforts du lac en face de mon jardin, au loin. Les jours de pioche et de désherbage, je les vois traverser très régulièrement le pierrier l'un derrière l'autre et repasser la crête après être descendus boire. Juste avant que le jour ne les révèle complètement. Des ombres grêles, précises comme des mécaniques, terriblement vigilantes. Le mouvement d'une buse peut les faire fuir subitement. Les appels que je leur lance, en revanche, ne leur font même pas tourner la tête.

Ils sont six et la viande sauvage ne me déplaît pas. Je me suis décidée et je suis partie au milieu de la nuit. J'avais pris soigneusement mes repères. Je devais monter à trente degrés sur la gauche après l'arrivée d'eau avant le fond du lac et trouver leur frayé que je n'étais pas parvenue à tracer entièrement parce que du jardin où j'avais pris mes mesures, trois blocs me cachaient l'emplacement exact de l'endroit où ils boivent. Mais en prenant cet angle de trente degrés au-dessus du ruisseau, j'étais sûre de tomber sur le sentier qu'ils ont clairement marqué. Je me suis postée à portée de tir vers la crête.

Je sentais l'humain, mais sans exagération : ni le parfum, ni le savon. Et j'étais partie bien assez tôt pour les surprendre avant qu'ils ne remontent aux aguets comme toujours, leur soif étanchée.

J'ai assisté au réveil des insectes, j'ai entendu le lever des oiseaux, j'ai senti le canon de ma carabine se réchauffer, le soleil a envoyé son halo blanc, son halo jaune, la brume s'est levée, a disparu, une troupe de casse-noix a fait son manège matinal au-dessus de ma tête sans que ma présence les dérange le moins du monde, mais je n'ai pas vu ce jour-là l'ombre d'un caprin.

En redescendant, empruntant leur frayé pour voir où il menait exactement derrière les trois blocs écrans, j'avais une vue plongeante sur le lac et j'ai observé de grosses truites qui croisaient aux abords, s'approchaient du ruisseau, repartaient. Le temps de la descente, j'en ai compté quatre, de très belles pièces. J'ai vu des crottes à côté de la petite crique où ils viennent boire et j'ai mis en place un cairn discret mais discernable sur le sommet du bloc qui m'occultait la vue de l'autre côté. Puis adossée au rocher tiède, je suis restée à regarder l'eau bouger sans rien faire que se laisser souffler. Je ne pouvais pas voir mes murets, assise comme ça au pied de la roche, seulement l'éclat, pas très grand, de mon habitacle qui semblait fiché dans la paroi comme un spit.

J'avais le temps de rejoindre mon jardin clos et de me mettre à ce travail. Le désherbage, le grattage, l'attention, peut-être un peu d'arrosage. Je me suis mise en route. La carabine à l'épaule, la sangle sur le pouce, les pieds dans les cailloux, les oreilles et le nez au vent. Une promenade.

On emprunte un chemin : on le rend quand on est arrivé à destination. Est-ce que l'attention au présent pourrait suffire à constituer une méthode ?

Est-ce que l'attention établit le présent lui-même, son épaisseur ? Est-ce qu'elle le constitue comme durée ? Quelle limite y a-t-il à la durée du présent ? Ne pourrait-on pas imaginer un athlète de l'attention qui formerait un présent de plusieurs dizaines d'années ? Ou ne pourrait-on pas imaginer une attention d'une telle qualité qu'elle serait capable de condenser une grande durée de présent dans une fraction de seconde ?

Peut-on se surprendre soi-même ? Peut-on réellement jouer seul aux échecs ?

J'ai décidé de remonter au 2 871 par la voie que j'avais empruntée la première fois dans l'idée d'en profiter tant qu'il ne fait pas trop chaud (je soupçonne la roche d'être impraticable de jour en plein été) et de passer un peu de temps sur l'autre versant. J'ai pris une corde, un grigri, des coinceurs, des pitons, mon sac de couchage et des provisions pour un bivouac simple, c'est-à-dire sans réchaud, mais j'ai emporté deux capsules pour faire du thé.

J'ai cru longtemps que j'avais mal choisi mon jour. Je m'étais réveillée en plein brouillard dans la nuit et le grand cirque lui-même était baigné par l'énorme nuage. Je ne voyais mes cairns phosphorescents qu'une fois que j'avais le nez dessus et j'ai perdu une bonne heure à chercher la pierre où j'avais laissé ma veste au milieu du chemin, sans y renoncer toutefois car je savais que j'en aurais besoin. Je portais deux pulls l'un sur l'autre, un bonnet fin et des gants de soie, j'avais néanmoins des frissons et des difficultés à respirer à cause du taux d'humidité qu'il y avait dans l'air.

Par chance, la veste avait été protégée par la pierre sous laquelle je l'avais glissée, elle était à peu près sèche. Je l'ai aussitôt enfilée. Puis ce fut comme si ma vue s'était adaptée à la qualité particulière de l'atmosphère, je voyais toutes mes marques aussi clairement que des lucioles dans la nuit. À partir de ce moment, j'ai progressé rapidement et j'ai atteint le pied de la diagonale à l'ouest du massif en un temps record.

Ce n'est qu'après trois quarts d'heure d'ascension que j'ai enfin dépassé le brouillard. Je me suis forcée à continuer sans me retourner pour avoir le plaisir d'imaginer en regardant mes pieds l'ampleur et l'illusoire douceur cotonneuse qu'aurait le phénomène atmosphérique quand je serais arrivée au niveau de la brèche. Un crapaud me fit faire un bond inattendu. Il était plus sage que moi et ne bougea pas une paupière tandis que je l'enjambais. La grappe d'œufs qu'il portait sur le dos et entre les cuisses attestait de son sexe, un beau mâle alyte, en bonne forme.

Une fois parvenue à la brèche, j'ai fait volte-face pour comparer mes représentations à la réalité et j'ai constaté que je ne m'étais pas trop égarée. Le fond du cirque était bourrelé d'une matière blanche, dense, réconfortante comme une couette de duvet ou un pot de crème. Je salivais. La mer de roche était engloutie sous cette épaisse chimère et toute cette austère montagne montrait ses beaux habits, ses chemises à crevés, ses dentelles festonnées de transparences argentées. C'était grand. Les pics semblaient surgir de là comme autant de coups d'épée donnés au ciel pour la vaine gloire. C'était un peu exagéré. J'ai mangé un abricot sec rabougri en le trempant mentalement dans un des milliers de litres du pot de crème que j'avais à mes pieds. Puis je me suis obligée à me souvenir de la composition atomique du brouillard et des conditions particulières de pression, d'humidité, de température sans lesquelles il ne peut apparaître et nager au fond des hautes vallées.

J'ai attaqué l'arête par son fil, j'ai passé le ressaut d'une centaine de mètres, contourné comme la première fois la petite brèche en prenant sur la droite par une vire de quelques pas et j'ai retrouvé le fil après le second ressaut. Dans l'idée de gagner du temps, j'ai pris la décision de pénétrer dans la coupure de trois à quatre mètres de profondeur que j'avais contournée la première fois par une série de vires au-dessus du vide. J'ai placé mon grappin derrière un petit bloc, testé la corde, je l'ai passée dans le grigri accroché au pontet de mon baudrier, et je suis descendue dans le trou en un clin d'œil.

Les parois étaient très proches l'une de l'autre au fond de la cavité. Le son de ma respiration m'était renvoyé en double écho immédiat. J'ai rapidement eu l'impression de ne pas être seule et de respirer par saccades, je ne me suis pas attardée : le temps de décrocher le grappin, de lui trouver une prise sur l'autre bord.

En remontant, un peu de précipitation m'a fait commettre une erreur, le grigri m'a arrêtée. Je me suis seulement écorché un genou sous le pantalon, une blessure superficielle. J'ai été soulagée, en ressortant de la brèche, de me retrouver seule, à l'air libre, sur le fil de l'arête. Il restait une dizaine de mètres un peu délicats, puis ce fut le sommet et son point géodésique blanc, immuable, 2 871 mètres.

Le brouillard en dessous avait disparu comme par enchantement. Il était plus de midi. Le soleil était fort mais le fond de l'air restait froid, j'ai remis ma veste. En mangeant, j'ai constaté que d'ici on pouvait également voir les trois lacs qui descendent les uns dans les autres. La cabane était presque indiscernable à cette distance. J'ai tourné le dos à cette vallée pour observer celle que j'étais venue explorer. Encaissée, aride, blanc et gris, elle avait l'air d'un désert uniforme tout à-pic et granite. Aucune pelouse, quelques traits noirs d'eau de fonte. Les glaces étaient cachées. Les bêtes invisibles. Ça aussi, c'était grand. J'ai décidé de descendre et de tenter de trouver une voie qui pourrait mener au petit pic que je voyais au centre de cette vallée. Il n'était pas très haut, moins que le mien, et j'étais persuadée qu'on y disposait d'une vue circulaire qui me permettrait de situer mon pic, ma pelouse, mon jardin et mon lac dans un cercle un peu plus vaste. Depuis ce petit pic encaissé, je ne verrai que celui sur lequel je me trouvais maintenant, mais mon dessin mental en serait enrichi.

J'ai mis mes chaussons et j'ai commencé à descendre. Il a fallu planter des pitons dès le début et prendre le temps pour faire prudemment les mouvements qui s'imposaient les uns après les autres. Le rocher était très bon, c'était un point. Malheureusement je n'avais pas pu repérer une voie de descente intégrale en raison de l'angle que prenait la roche après une certaine distance. Du sommet, j'avais réussi à en définir une belle portion et je m'étais fiée à la chance pour la suite. En m'assurant toujours néanmoins de la possibilité de remonter par la voie que j'allais emprunter.

Ce n'est qu'au-dessous d'un ressaut que j'ai compris que j'avais perdu mon pari sur la chance. La paroi était absolument verticale, puis creuse. Je ne pouvais pas savoir quelle profondeur avait cette cavité. Je n'avais pas de poignée d'ascension et ne pouvais donc me laisser filer sur la corde pour voir au bout ce qu'il en était. J'étais extrêmement déçue et énervée. Je suis remontée au dernier relais, et vachée, au repos, j'ai essayé de me calmer.

Renoncer fait partie du chemin. C'est une décision parmi d'autres. Je pouvais aussi aller chercher les pitons que je n'aurais peut-être pas en nombre suffisant si la cavité était trop profonde, au risque de passer des heures à les replanter si je devais *in fine* renoncer quand même et repasser par le haut. C'était idiot. Je pestais, je soufflais, je pratiquais la respiration dans le désordre et le grommellement. Et je passais d'un pied sur l'autre en tirant sur le baudrier. Dans ce moment d'inquiétude, je me mis à regarder autour de moi. Autour de moi et pas uniquement sous mes pieds et au-dessus de ma tête. Autour alentour à trois cent soixante degrés dont la plus grande partie était la paroi, un mur. Mais un mur n'est pas orienté. Un peu apaisée, j'ai suivi des yeux un insecte que je n'avais jamais croisé à ces altitudes : un petit carabe rouge doré.

Il est passé sous mon point d'attache, il s'est dirigé vers ma main gauche, posée contre la roche, je voyais ses antennes approuver le terrain, il a grimpé sur mes doigts écartés, les uns après les autres, en prenant tous les creux, toutes les bosses, avec prudence, constance et méthode, puis après mon petit doigt, il a poursuivi son chemin, sans changer d'allure ni de direction. Il était plus sage encore que le crapaud du matin. Quand il est sorti de mon champ de vision, j'ai décidé de le suivre. Je l'ai retrouvé en deux mouvements. Il ne descendait pas, ne montait pas, il tenait une ligne droite, horizontale, à flanc de roche.

J'ai emprunté son rythme et j'ai planté en deux heures mes trois derniers pitons. Avec prudence, économie et méthode. Je ne suis plus tellement sûre qu'il progressait lentement. Il se fourrait dans des trous infimes pendant des périodes qui me semblaient longues. Il en ressortait en trottant. En trottant ! Il savait où il allait, c'était indubitable. Puis tout à coup, après des heures de roche, il a disparu dans une touffe d'herbe. Complètement. Définitivement peut-être. Et je me suis sentis perdue, abandonnée, lâchée jusqu'à ce que je me souvienne de ce que c'est qu'une touffe d'herbe. Ce qu'implique une touffe d'herbe. J'ai cru être arrivée au sommet de quelque chose ou tout en bas dans une vallée, ou n'importe où tant c'était improbable et j'ai levé la tête sur un paysage qui a immédiatement repris des dimensions à la mesure de la perception humaine. J'ai ressenti le vertige. J'ai fermé les yeux. Les ai ouverts à nouveau sans y croire. J'étais debout sur une vire de plusieurs mètres carrés, peut-être vingt, où passait un filet d'eau au milieu d'un tapis de mousses et de graminées. Il y avait des fleurs. Des saxifrages et des pieds-de-chat. La roche était tapissée de vert. Il faisait bon. On pouvait enlever ses chaussons et marcher pieds nus. Il ne manquait que le chant des oiseaux. Ou une lyre. Il ne manquait rien puisqu'il y avait le son du ruisseau. J'y ai installé mon bivouac. Le soir tombait devant moi comme une boule orange immense, merveilleuse. Durant le temps que prit cette orange démesurée pour se plonger dans la matière lumineuse, pour s'y baigner, s'y enfoncer, un flacon d'alcool chaud, lentement, me traversa l'esprit.

Je veux imaginer une relation humaine qui n'aurait aucun rapport avec la promesse ou la menace. Qui n'aurait rien à voir, rien du tout, avec la séduction ou la destruction.

J'ai des relations avec les animaux, j'en ai, ils en ont avec moi.

Je n'ai pas de relation humaine avec les animaux.

Est-ce que je pourrais être le lion, avoir une réponse de lion à l'intérieur d'une menace ou d'une promesse humaine ? Une réponse de lézard.

Est-ce que tout le monde dans la famille veut tellement la place de l'autre qu'il veut la place même de l'autre ? Est-ce qu'on est bête à ce point ? Est-ce que je ne sais pas moi, par moi seule, par observation et déduction, que j'appartiens au groupe humanité au même titre que les autres hommes ? Est-ce que c'est l'autre qui le sait pour moi et qui me le dit ? Est-ce que c'est en son pouvoir, uniquement en son pouvoir ? Est-ce qu'on doit m'accueillir ?

Est-ce qu'on apprivoise le nourrisson avant de dresser l'enfant ?

J'ai lu. J'ai lu toute la journée. Dès le réveil, d'abord sur la couchette les pieds en l'air, croisés, appuyés sur la paroi, les bras tendus, la nuque calée sur l'oreiller en écoutant la pluie tomber sur la coque de résine de mon refuge. J'ai lu assise au sol devant l'œil-de-bœuf, le dos calé contre le cube, le violoncelle à portée de main. Puis assise sur le cube, en regardant la pluie couler sur la grande vitre en petits ruisseaux serrés. J'ai tourné le dos au soleil pour capter la lumière sur la page et j'ai lu appuyée sur la vitre qui commençait à sécher. Au bout d'un moment, j'ai senti la chaleur au travers de ma lecture.

J'essayais de prendre pour moi, pour mon compte, à l'endroit du monde et au moment de l'Histoire où j'ai ma place, les mots d'un homme dont la langue n'a plus cours. J'essayais de déduire de son langage la forme de sa vie. De reconstituer, à partir des traces qu'il avait voulu laisser, ce qu'il n'aurait pas pensé à noter. Le vibrato de son temps. J'essayais d'entendre sa voix, sa voix humaine. Le déplacement d'air, les ondes qu'il avait produites en prononçant ces paroles avant de les écrire. J'essayais de calculer le volume de son univers évanoui, de faire apparaître son hologramme. Comme si mon attention pouvait être le support physique, le morceau d'espace pas tout à fait vide dans lequel ses mots un instant pouvaient passer, scintiller, et rendre visible la forme particulière de sa présence au monde.

Je lisais de cette façon, puis je relisais en essayant cette fois de l'adapter à ma forme, mon époque, ma langue, mon savoir, mes pratiques. De tirer vers moi, pour moi, pour m'en servir, l'efficace, la sagesse, l'expérience, la technique des prescriptions et des rappels qu'il s'était faits à lui-même et qu'il avait voulu transmettre.

À l'abri dans le fuselage tronqué de mon habitacle, au chaud, dans la lumière où volaient des gouttes d'eau dehors, de minuscules poussières dedans, j'ai lu.

Je construis ce fort, cette retraite. Toutes les briques sont anciennes. La sueur, c'est la mienne.

L'attention est une capacité de l'esprit à se rendre disponible, à rassembler ses forces et à les mobiliser pour résoudre le problème qui se présente. Mais que se passe-t-il quand l'attention ne se concentre sur aucun problème ? Quand elle s'occupe de la respiration par exemple, la respiration devient-elle un problème ?

Est-ce que ce genre d'objet permet de produire une attention non détournée ? Ni par un jeu, ni par un art, ni par un sport, une promesse ou une menace. Par aucune espèce de règle. Tout proche d'un risque et d'un choix fondamental : respirer plutôt que fermenter, pomper le sang plutôt que la sève.

J'y suis retournée. À la cabane du paquet de laine. D'où vient qu'on ne peut rester tranquille dans sa chambre en compagnie d'un bon feu et d'une couverture ? J'y suis allée. Je suis remontée sur l'arête entre les deux blocs où le vent s'engouffrait toujours aussi violemment, j'ai retrouvé mon poste grand comme deux lits et j'ai repris mes observations. Les trois lacs, leur transparence froide, la végétation basse qui les entoure, les pins, l'immense pierrier qui dévale jusqu'à eux et s'arrête brutalement quelques dizaines de mètres avant de toucher l'eau. La cabane du paquet de laine de la compagnie électrique de la haute vallée. Les bancs. Le banc de droite sur lequel il n'y avait rien. Ni parka, ni couverture, ni bras. Personne. La cabane était close, porte et fenêtres. J'ai attentivement regardé les huisseries, les murs, le toit et ses arrêts de neige métalliques, les fenêtres à nouveau, et j'ai distingué une niche large comme la main au-dessus de la porte.

J'ai fait le tour des lacs aux jumelles, les trois. Je suis revenue sur la bande herbeuse où la cabane est bâtie. J'ai méticuleusement parcouru le pierrier et je me suis décidée d'un coup. Je suis descendue en bondissant sur des portions de plusieurs dizaines de mètres. Je m'arrêtais, je calculais la portion suivante et je repartais à vive allure. Au bout de trois quarts d'heure de ce régime, j'étais au pied des lacs et bientôt devant la cabane silencieuse qui semblait m'épier.

J'ai jeté un dernier coup d'œil derrière moi et j'ai plongé la main dans la niche. J'en ai aussitôt tiré une grosse clef rouillée. Sans hésiter plus longtemps ni frapper à la porte, je l'ai ouverte. La première chose qui m'a sauté aux yeux dans l'obscurité de la pièce fut le crâne blanc et les deux cornes d'un trophée de bélier suspendu au-dessus de la pierre de la cheminée. Puis la cheminée, comme une gueule noire encadrée de blanc. Ma vue s'est adaptée et j'ai distingué une table, deux chaises, un bâton accroché à une poutre, une paillasse défoncée, une couverture, une paire de bottes renversées, cuites, une bouilloire en étain, une crémaillère, un chaudron, un coin de fer, et une casserole sur le sol. Un placard dans le mur contenait une grosse cuillère, un pot, quelques bouteilles de verre vides, une bouteille aux trois quarts remplie d'un liquide ocre, une boîte en carton pleine de poudre, un sac de sel agricole, un pot de café. Il n'y avait pas de poussière sur les étagères mais quelques minuscules crottes noires. J'étais incapable de dire si l'endroit était abandonné ou pas, si quelqu'un avait franchi cette porte, dans l'année, dans la semaine ou dans le siècle passé.

Le lieu était désolé, sinistre, le contraire d'un endroit où vivre. J'ai pris le bâton accroché à la poutre et je me suis dirigée vers le grabat. J'ai soulevé doucement la couverture et un sifflement à cent dix décibels m'a clouée sur place, la couverture au bout du bâton. Une marmotte grosse comme un cochon me fixait de ces petits yeux noirs et sifflait à perdre haleine. Sans réfléchir, j'ai abaissé le bâton, elle l'a mordu. Au lieu de le lui laisser dans la gueule, j'ai tenté de l'en dégager et il s'est ensuivi une petite lutte d'autant plus féroce qu'elle était sans objet. Elle a rompu plus vite que moi, elle s'est roulée dans la couverture qui s'était détachée de mon bâton, s'est débattue toute seule en gueulant toujours comme une marmotte et a fini par sauter du lit pour se ruer vers la porte. Dans sa précipitation, elle s'est violemment cogné la tête, la porte s'est fermée sous le choc, et nous nous sommes retrouvées d'un coup toutes les deux dans le noir. La marmotte assommée qui gargouillait et moi, les jambes molles. Je n'avais pas repéré d'allumettes, je ne pouvais pas tenter d'allumer la bougie au milieu de la table. Je ne savais pas où exactement s'était affalée la bestiole, je n'avais aucune envie de marcher dessus. Je me suis assise sur le lit. Les ressorts ont ployé sous mon poids en grinçant. La marmotte a répondu. Puis, aussi rapidement que l'obscurité s'était faite, le silence a envahi la pièce.

Mon cœur tapait contre ma cage thoracique, j'étais convaincue que celui de la marmotte battait au même rythme, que c'était pour cette raison que je ne l'entendais pas. Le crâne et les cornes du bélier semblaient flotter contre le mur. Il n'y avait pourtant pas le moindre souffle, l'air était solide, accroché aux quatre coins de la pièce, tendu par l'attention que nous produisions. Palpable, résistante. Puis la marmotte s'est mise à bouger, j'entendais ses griffes sur le plancher, une pluie fine et précipitée. J'ai déplacé un de mes pieds, le sommier a crié. La marmotte s'est arrêtée. Après un moment, elle a repris son déplacement. Elle se dirigeait vers le coin opposé à celui du lit, le plus loin possible de mon corps. L'accès à la porte allait bientôt être libéré. Il fallait que je réussisse à me lever sans provoquer un concert de grincements ni un nouveau tourbillon de peur. Son piétinement minuscule n'allait plus tarder à s'arrêter, la pièce n'était pas grande. Je me suis mise à chanter. À chanter tout bas pour qu'elle puisse, elle aussi, me situer dans la pièce, calculer mes mouvements et comprendre que je cherchais également à m'éloigner d'elle.

Mon chant a accompagné les bruits du sommier, mes pas les uns après les autres jusqu'à la porte, le bruit de la clenche, l'entrée de la lumière, la fermeture de la porte, le bruit de la clef, puis mes pas à nouveau, jusqu'à ce que je sois remontée à mon poste d'observation grand comme deux lits une heure et demie plus tard, puis dix mètres encore au-dessus jusqu'à la brèche entre les deux blocs où le vent me l'a enfin ôté de la bouche.

Une fois dans mon habitacle, je me suis rendu compte que je n'avais pas visité l'étage, ni remis la clef dans sa niche.

J'ai essayé. On ne peut pas jouer seul aux échecs. On ne peut pas s'oublier au point de se surprendre. Peut-on s'oublier au point de s'accueillir ?

J'ai équipé la voie du carabe rouge. Je suis partie deux jours pleins. La montée jusqu'au 2 871 est désormais une marche d'approche. Je passe par la brèche de trois ou quatre mètres comme une lettre à la boîte, sans plus m'écorcher les genoux. Il me faut néanmoins cinq ou six heures avant de pouvoir m'appuyer au point géodésique en regardant les trois vallées. La mienne, celle de la marmotte et celle du carabe.

J'avais vécu un tel moment à suivre ce petit scarabée rouge, entêté et sûr de son fait, un tel moment ensuite sur le plat de verdure auquel il m'avait conduite, qu'au matin, après une nuit passée plus confortablement que dans l'air de ma chambre, j'avais décidé de faire là ma résidence secondaire. Dormir sous les étoiles, se réveiller sous les étoiles, entendre et sentir autour de soi les variations de la lumière et le toucher du vent, être bercée par un ruisseau large comme la main sur une vire de vingt mètres carrés accrochée à un désert vertical, existe-t-il meilleures conditions pour une villégiature ?

J'avais laissé en place les premiers pitons qui descendaient vers le grand trou qui avait bloqué ma descente. J'étais remontée ce jour-là par le même chemin, récupérant au fur et à mesure ceux qui me paraissaient inutiles. Mon but désormais n'était plus de descendre pour grimper le petit pic qui gardait l'autre vallée. Mon but était de trouver et d'installer une voie sûre et simple jusqu'à cette vire où il faisait si bon. Et le plus simple n'était pas de descendre jusqu'au bord du trou pour prendre ensuite l'horizontale sur la gauche. Le plus simple était de bifurquer avant, le long d'une petite colonne, de se laisser presque glisser jusqu'à une bosse de la taille d'un chameau, de la passer pour découvrir cinquante mètres de belle paroi à l'aplomb du dos du carabe, le paradis suspendu. À partir de la bosse, la voie n'était pas difficile. J'ai équipé l'ensemble en neuf points et deux jours. Deux jours parce que j'ai pris mon temps pour déchiffrer la paroi et dessiner la voie la plus agréable possible et parce que mon barda était plus lourd que celui d'un simple bivouac. Une résidence secondaire nécessite un peu de matériel. Laisser neuf pitons et neuf dégaines sur la roche n'était déjà pas un mince investissement au regard de mon équipement général. Mais un pied-à-terre en réclame un peu plus. J'avais donc avec moi un auvent et ses cordes, des clous à béton, un matelas autogonflant, une cuillère en bois, une casserole et son couvercle, un fagot, quatre bûches et un oreiller de millet. Sans compter ce que je remporterai au retour : le linge de maison (sac de couchage), mon réchaud, mon couteau et les provisions de bouche qui risquaient de se gâter. J'avais prévu de laisser sur place une petite réserve de conserves et de sachets lyophilisés, un peu de fruits secs, quelques doses de thé et une demi-bouteille d'alcool blanc.

J'ai passé la fin d'après-midi du premier jour à planter les clous à béton dans le granite pour assurer une bonne tension à l'auvent sous lequel j'avais prévu de m'abriter en cas de pluie. Je l'avais installé à chant contre la paroi et tendu jusqu'à dix centimètres du sol de façon qu'il forme une canadienne avec le pan de roche. La partie supérieure était protégée par un petit bourrelet naturel qui empêcherait les écoulements à l'intérieur de la tente. Un bon bout de bloc fermait une des deux entrées, l'autre bâillait sur la vire et sur le pan de montagne par où le carabe m'avait menée, mais elle tournait le dos au vent dominant. Couchée là-dessous, j'ai les pieds au sec, la tête dans les étoiles, et l'aération est optimale. Ensuite, je me suis mise à la recherche d'une étagère pour les provisions mais le jour baissait rapidement. Le temps que je défasse mon sac, installe le matelas, le sac de couchage et chauffe de l'eau, il faisait presque nuit. Une criblée d'étoiles, innombrables, la lune en demi-boule, tout en volume. J'ai mangé dans la casserole, en caleçon de laine et petit pull, à l'aise, avant de me glisser dans mon sac au centre du paradis, pour tout mieux voir.

Je ne me suis pas réveillée avant que l'eau transperce mon duvet alors que j'avais le visage et les cheveux complètement trempés. L'homme du pliocène ne considère pas la pluie comme un danger. Il ne s'enrhume pas.

Il faisait encore nuit mais la lune avait beaucoup vogué. L'eau tombait finement et sans bruit, elle accompagnait le ruisseau dans son chant. J'ai passé deux heures bien noires sous la tente, dans des vêtements secs mais la tête trempée sous le bonnet en attendant que la pluie cesse. Quand c'est arrivé, j'ai démarré un feu avec ce que j'avais apporté de bois et que j'avais eu la présence d'esprit de mettre à l'abri dans un creux de la paroi. Il a pris rapidement entre quatre pierres. Je me suis séché les cheveux au-dessus des flammes. L'eau bouillait quand le soleil s'est levé. Et tout sur le coin de prairie suspendue s'est mis à vibrer. Les graminées ont relevé la tête, le ruisseau a haussé le ton, j'ai senti mille petits mouvements animaux invisibles faire frissonner l'herbe, des vols minuscules se sont déclenchés. J'ai accroché mon sac de couchage bien en vue du soleil sur la paroi et à l'aise à nouveau, en caleçon et en pull de nuit, je me suis préparé une tasse de thé brûlant.

Plus tard, j'ai trouvé les étagères que j'avais cherchées la veille et j'ai procédé au rangement. J'ai noté qu'il faudrait une ration de sel. Et peut-être de gros cornichons.

J'étais installée.

Sur une dalle ou sur une paroi en dévers, je suis consciente de mon mouvement général. Un bel enchaînement est un ensemble de mouvements accomplis dans la conscience des mouvements antécédents et la prescience, physique, des mouvements à venir. Les échecs sont-ils le jeu de l'impasse ? Être dans l'impasse, est-ce avoir perdu ? N'existe-t-il pas une autre réponse, une réponse sauvage ? La marmotte acculée mord le bâton qui l'accule. Le lapin saute à la gueule du renard.

Lorsque tu n'as plus rien à perdre, c'est-à-dire encore tout, mais plus rien à ménager, plus aucun moyen de faire demi-tour, lorsque tu te retrouves à quatre mille cinq cents mètres d'altitude, sans piolet, sans corde, choquée par une chute qui t'a cassé deux côtes et ankylosé un bras, dans l'impossibilité de remonter au sommet d'où tu viens, avec comme seule et unique perspective des contreforts verticaux et glacés, tu es dans une impasse, hors d'espoir, toute alternative évanouie, tu mords le rocher.

Le mouvement qui a lieu dans cette forme de l'engagement ne déplace pas l'air et n'a pas lieu dans l'espace où nous vivons habituellement. Il est hors jeu, au-delà de l'impasse. Extatique ?

Cette fois-ci j'étais prévenue, j'ai laissé la porte grande ouverte, je l'ai bloquée avec une pierre et je me suis annoncée à voix haute. Il ne s'est rien passé, aucun mouvement dans l'espace, silence. Néanmoins, j'ai pris la précaution de chanter à bouche fermée en pénétrant dans la pièce et en montant l'escalier vers l'étage que je n'avais pas visité la première fois. Je m'étais équipée d'une lampe frontale. Je l'ai allumée en entrant dans la cabane et j'ai pu constater que rien n'avait bougé, ni la casserole au sol, ni les chaises, ni les bottes crevées, ni la couverture en boule sur le grabat. Les marches grinçaient sous mes pas. Elles menaient au milieu de la pièce de l'étage, un dortoir où s'alignaient six couchettes superposées. Désert. Les bois de lit étaient vieux mais en bon état, les matelas étaient réduits à leur plus simple expression : une couche de paille. Je n'ai pas fouillé dedans avec mon bâton de peur de déloger encore une bête. La marmotte n'avait pas l'air d'être là, ce qui voulait dire que depuis mon passage, quelqu'un avait ouvert la porte. Ou bien elle était crevée quelque part et je ne la voyais pas. Il flottait une odeur de poussière sèche, de vieille paille, de suie, je ne sentais rien d'organique. J'ai regardé sur les lits puis sous les lits mais il n'y avait aucun monticule suspect. Le mobilier se résumait aux six couchettes superposées qui occupaient presque la totalité de la pièce et à un meuble d'une quarantaine de centimètres de large, une sorte de petite commode dotée d'un tiroir et de deux portes. Je me suis approchée et j'ai ouvert les portes sur deux étagères tapissées de toile cirée, vides. Dans le tiroir en revanche, j'ai trouvé un livre souple relié à la ficelle *Bucolica, Georgica et Æneis* de Vergilius Maro. Je l'ai remis à sa place après l'avoir feuilleté à la recherche d'une marque quelconque qui aurait pu m'indiquer à qui il appartenait ou avait appartenu. Je n'ai rien vu et je l'ai reposé exactement à l'endroit où je l'avais trouvé, calé sur le fond et le bord gauche du tiroir. Un instant, j'ai eu envie d'ouvrir les volets et les fenêtres pour faire respirer cette pièce où je me déplaçais comme une cambrioleuse, la lampe sur le front, la respiration silencieuse. Il n'y avait manifestement personne, la clef dans la niche attestait du fait que la cabane devait servir de temps à autre de refuge, mais j'ai renoncé. Je n'avais aucune raison d'être là, je n'avais pas besoin d'un abri, j'en avais un, je n'avais pas été invitée, il ne me revenait pas d'ouvrir les fenêtres ni de faire un brin de ménage.

J'étais détachée, en plein entraînement général, je n'avais plus à redouter de croiser quotidiennement un envieux, un ingrat, un imbécile, et je cherchais pourtant à vérifier l'hypothèse que j'avais faite le jour où j'avais vu un bras maigre s'agiter au-dessus d'un tas de laine sombre. Je cherchais à savoir si ce bras appartenait à un humain, de la même façon que l'ongle de vingt centimètres appartenait à sa main. Qu'il y avait bien eu quelqu'un sur ce banc devant la cabane, quelqu'un. Ce qui n'a rien à voir avec « chercher de la compagnie ».

Ou bien si ?

Je suis redescendue au rez-de-chaussée où j'ai fait un nouvel inventaire précis. L'emplacement des bouteilles, du pot de poudre, du sel agricole n'avait pas changé, les minuscules crottes noires parsemaient toujours l'étagère. La bougie au centre de la table avait la même taille. Avec quelques précautions, j'ai soulevé la couverture, elle ne cachait rien. Il n'y avait rien non plus sous le grabat. Et pas une ouverture, pas un trou par où une marmotte aurait pu passer. Or c'était un fait, elle était sortie.

Toutes mes hypothèses restent en l'état.

Cette fois, j'ai remis la clef dans sa niche au-dessus de la porte.

J'ai semé à chaud les courgettes et les pâtissons, en pleine terre les radis, et j'ai repiqué la laitue. Maintenant que les rondins sont posés, les pluies denses font moins de dégâts. Je fais le ramassage des limaces et des escargots le matin entre les salades et les betteraves, c'est mon premier geste au jardin. Je tiens prêt mon pulvérisateur de pyrèthre et la bouillie bordelaise. En attendant les attaques massives, je traite au purin d'ortie mes plants de pommes de terre et de courgettes. Maintenant, je lève les voiles de forçage durant la journée. Je n'aurai bientôt plus besoin de les installer pour la nuit. Tout est bien paillé, la terre reste fraîche avec deux à trois arrosages par semaine effectués avant que le soleil ne donne directement sur les planches de cultures. Je n'ai pas besoin pour l'instant de mettre en service les rigoles, je le fais à l'arrosoir. C'est peut-être le travail que je préfère. J'attends avec impatience les mois de plein été où il faudra le faire le soir, dans la douceur. L'odeur de la terre humide, abreuvée après une journée de chaleur accablante, est un plaisir délicat. Différente de l'odeur du sous-bois, de l'odeur de la pluie d'orage sur la terre craquante de sécheresse, l'odeur du jardin réhydraté est plus civilisée, plus domestique mais elle dégage un apaisement hors de toute avidité, d'une agréable densité.

Les plantes s'habituent à être arrosées régulièrement. La faculté et la facilité à contracter des habitudes, de courtes ou de longues habitudes, semblent partagées par tous les vivants. Le geai m'observe de moins en moins. Je vois les caprins en revanche, au même point du jour, remonter du bassin auquel ils s'abreuvent. Je n'ai plus envie de viande en ce moment, je les salue d'un yodel qu'ils s'obstinent à ne pas entendre. Les truites heureusement ne s'habituent pas à ma présence. Je les pêche au porte-bûches le matin quand elles viennent au déversoir. Elles peuvent mordre encore à la cuillère dans la matinée, ensuite plus rien, jusqu'au soir. Mais cela dépend des jours, elles sont très irrégulières. Peut-être de la même façon qu'un lièvre qui démarre et se met à courir en zigzag.

À midi quand je travaille au jardin, je me baigne dans le lac. Brièvement. L'eau est glacée, saisissante, elle régénère en profondeur. Dix minutes de bain et c'est la fatigue d'une matinée entière qui s'efface des fibres, elle clarifie l'esprit. Je me sèche, me rhabille et monte m'asseoir sur un muret au soleil pour manger. Des fourmis plein les mains. J'ai hâte d'avoir des légumes frais à disposition, et surtout des salades et des patates. Je ramasse les épinards et l'oseille sauvages mais les sachets lyophilisés, les conserves constituent l'essentiel de mon alimentation et commencent à me peser, les fruits secs aussi. Je mange en regardant mes plans, le travail accompli, le travail qui vient. J'ai noté les emplacements des framboisiers sauvages, des nappes de fraisiers en bordure de forêt, je les guette, je ne risque pas de les oublier. J'espère aussi qu'il y aura quelques bons coins à champignons. Des girolles, des russules, des bolets pour commencer. Et lorsque j'y pense, je regrette à chaque fois de n'avoir pas de poule. Mais je ne suis pas venue monter une ferme. Ou bien si ? Ou bien si : ce serait cela l'entraînement général, monter une ferme ?

Les plans de bambous ont atteint une hauteur d'un mètre trente. À la fin de l'été, ils seront adultes et acclimatés. Et moi ?

Je me suis réveillée en pleine nuit sans savoir pourquoi mais avec l'intuition nette que quelque chose était en train d'avoir lieu. L'homme du pliocène avait donné l'alarme. Ma couchette était sous mon corps, mon habitacle ne tremblait pas sur ses pattes, il régnait une douce chaleur, tout avait l'air normal. Tout était normal hormis un battement clair, cuivré, qui frappait au loin contre la paroi rocheuse et rebondissait sur la structure de mon refuge. Ce n'était pas tout à fait un son, plutôt une vague d'ondes qui repartait lentement vers la vallée dès qu'elle avait touché la paroi. J'étais sur sa trajectoire. Incluse dans ce mouvement de ressac auquel il me fallait prêter l'oreille pour le percevoir. Il m'avait pourtant réveillée. Je me suis levée et j'ai regardé dehors, debout devant l'œil-de-bœuf. La lune était aussi ronde que ma fenêtre, transparente comme un verre de lampe, très allumée. J'ai posé le bout de mes doigts sur le grand carreau et je l'ai senti vibrer dans ses atomes profonds, le verre bougeait, coulait, dansait peut-être. J'ai ouvert la fenêtre et j'ai entendu l'onde. Une frappe claire mais soutenue, cuivrée et ample comme la cymbale d'une grande batterie. Le son montait et repartait. Les battements se croisaient en chemin et filaient chacun dans leur direction. Le rythme le permettait, ni lent, ni rapide, adapté à leur circulation. Ça venait d'en bas. De la vallée ou de la pelouse. Du jardin ?

J'ai passé un pull, un pantalon, des bonnes chaussettes, mon bonnet fin, ma veste, j'ai pris ma carabine sur l'étagère au-dessus de la porte, un petit paquet de munitions, j'ai enfilé mes chaussures, je les ai lacées, et je suis sortie dans la nuit. La lune éclairait tout, la roche blafarde, l'herbe grise, le ciel noir, puis l'aluminium froid du ruisseau qui courait vers le jardin. Comme moi, pliée en deux, furtive, la carabine en main et chargée. Depuis que j'avais pris pied sur la pelouse après mon rappel de trois secondes, le son ne cessait de s'amplifier. Je ne savais pas si c'était lié à mon mouvement ou seulement au fait que je me rapprochais de la source. À trois cents mètres du jardin, le son était très fort. Les bambous se balançaient.

La cime des pins également. La frappe était nette, puissante. Une vague suivait l'autre, identique et différente de la précédente, leur succession formait un toron dans l'espace, envahissait la pelouse, la couvrait, montait sur les contreforts et redescendait en nappe.

La source était derrière le jardin, derrière les bambous, dans le sous-bois. J'ai immédiatement compris en pénétrant sous les fûts noirs que la lune doublait de blanc, que le son débordait de la cabane perchée dans les arbres. Le nid de chasseur.

Je m'y suis précipitée en prenant soin de me déplacer irrégulièrement, en faisant des pauses de trois ou quatre temps derrière les troncs qui me cachaient. Au pied des quatre fûts qui portaient la structure de tôles et la palette trouée, je n'ai rien vu. Mais la puissance du son était presque insoutenable. Ça tapait là-haut, à l'intérieur du volume, à grands coups sur les plaques métalliques dont je pouvais sentir les vibrations glisser le long du corps des pins.

Sans plus me soucier d'être repérée, l'arme en main et pointée vers le haut, je me suis postée directement sous la palette, et là, par le trou que j'y avais fait en détachant d'un coup de pied la planche branlante qui servait maintenant à ma lessive, j'ai vu des mouvements passer de droite à gauche, énergiques, violents. Il y eut un crescendo marqué puis tout à coup, une boule noire est tombée à mes pieds. J'ai fait un bond en arrière, me suis cogné le dos contre un fût, j'ai braqué mon arme dans un geste réflexe et j'ai reconnu en un éclair le paquet de laine tourmenté. Comme sur le banc à côté de la cabane, il était en boule et remuait sur le sol de façon incompréhensible. Puis, comme sur le banc, une main en est sortie et s'est agitée en l'air. Elle ne portait plus son ongle de vingt centimètres mais serrait un maillet auquel elle faisait faire des moulinets saccadés. Le son n'avait pas diminué et semblait sortir du maillet lui-même, il s'enroulait à son mouvement comme un fil à une bobine.

J'avais baissé mon arme. Je regardais seulement. Il me sembla que je regardais longtemps, longtemps debout appuyée contre le pin dont je sentais toujours les frissonnements, avant de percevoir que le volume diminuait, s'atténuait, s'évanouissait comme une traînée de brume. Le maillet avait tout réabsorbé quand je l'ai vu flotter en l'air vers un des troncs, se retourner tête en bas et s'accrocher par une ficelle qui traversait le bout du manche à un moignon de branche.

Ensuite, le paquet de laine a pris un peu de hauteur, la main s'est approchée de son sommet et a tiré en arrière ce que j'ai alors identifié comme une capuche, il s'est découvert. Le visage était stupéfiant, le crâne rond, couvert d'un court duvet blanc, les joues gonflées, puis creuses, glabres, les sourcils à peine marqués, les cils longs, la peau comme du parchemin. Le moine, car c'était un moine, qu'est-ce que ça pouvait être d'autre dans une bure brune munie d'une capuche, le moine m'a regardée de ses deux yeux clairs, a déformé son visage durant une longue minute, sans montrer les dents, formant une expression que je n'avais jamais vue, complexe, mobile, raffinée, puis il s'est détourné de moi et a disparu dans le sous-bois. Sans un bruit, comme un souffle.

Je suis restée contre le pin immobile, les yeux rivés sur le maillet qui pendait à l'arbre. Le va-et-vient de sa tête balancée par le vent avait creusé une ligne courbe dans l'écorce.

Comment avais-je fait pour ne pas la voir ?

Je me demande si on peut *s'exercer à l'événement*. À ce qui arrive, au monde.

On peut s'exercer à le percevoir, à le recevoir et à le représenter. On peut s'exercer à l'accueil. Une observation, une description, une représentation sont des actes d'accueil.

Une attention non détournée à l'autre aurait-elle pour objet sa respiration à lui ? Sa simple présence ?

Il y a des occasions paradoxales pour la musique de sortir du temps. Des occasions paradoxales pour le mouvement de sortir de l'espace. Y aurait-il des occasions paradoxales pour une relation humaine de sortir du jeu ?

Le moine était sur ma vire, il y était !

Au milieu d'un massif montagneux de vingt et un kilomètres carrés, je trouve une écaille de granite accrochée à un mur vertical, je l'équipe et il faut qu'un moine aussitôt se l'octroie. Se l'octroie ? S'y installe, s'y pose, y pose son cul et le tas de laine qui l'enveloppe. Comment le croire ?

J'étais montée jusqu'au 2 871 dans la matinée et j'avais entamé ma descente après un déjeuner léger pris à ma place habituelle, le dos calé contre le point géodésique. J'étais chargée de quatre bûches à nouveau, et de provisions pour trois repas dont mes tout premiers radis que je m'étais refusé de manger au pied du jardin.

Très vite j'ai compris que quelque chose n'allait pas. En glissant le long de la petite colonne jusqu'à la bosse du chameau, j'ai ressenti un malaise, comme si j'avais oublié de faire, de noter quelque chose. J'ai pris un moment pour y penser, puis j'ai renoncé à m'expliquer cette sensation et j'ai commencé à passer la bosse en prenant mes appuis d'instinct. Je tendais la main pour attraper la première des neuf dégaines que j'avais posées, je ne la trouvais pas, mon regard balayait l'espace sous mes pieds quand je compris la situation en un éclair : le piton n'était plus en place, le moine tas-de-laine gisait cinquante mètres plus bas et j'allais devoir descendre jusqu'au point suivant sans assurance.

J'aurais pu remonter. Si je n'avais pas immédiatement construit un scénario réflexe dans lequel le moine avait eu un accident en s'accrochant à mon équipement. Si j'avais fait l'hypothèse que sa présence sur la vire était le début d'une guerre de territoire, je serais peut-être remontée. Peut-être pas. Certainement pas. Mais je ne me serais pas engagée si vite sur la paroi, j'aurais recalculé les risques. J'aurais placé un spit et tout descendu en rappel. En place de quoi, dès que j'ai vu le trou laissé par le piton disparu et le tas de laine en bas, je me suis mise à descendre à toute vitesse en trouvant les prises de pied comme si elles étaient taillées dans la paroi à intervalles réguliers, en me contentant de prises monodoigt et de minuscules grattons pour le reste. Mes mains n'agrippaient que des détails, mes chaussons semblaient aimantés par le granite, mes antennes tâtaient les anfractuosités et sentaient l'herbe du paradis un peu plus bas, j'étais un carabe avec son sac sur le dos. *Rutilans*. Tous les pitons avaient disparu. Au fur et à mesure de la descente, la chose me semblait de plus en plus naturelle, évidente. Et déjà je savais en posant le pied à plat sur la vire que le tas de laine n'était pas tombé. Il était assis au centre de l'espace, le ruisseau à sa main gauche, son crâne exposé au soleil était d'une blancheur étonnante. Il ne fit pas un geste alors que j'enlevais mes chaussons et posais mon sac sur le sol. J'ai estimé les dégâts en un clin d'œil. Il avait brûlé les deux bûches que j'avais laissées, les étagères étaient en désordre, la tente pendait contre la paroi et frottait sur le matelas autogonflant. Mon oreiller de millet avait disparu mais en observant attentivement la position du tas de laine, ses mains en coupe devant son ventre, sa respiration, j'ai conclu, avec un peu de répulsion, qu'il était assis dessus.

J'ai fait comme s'il n'existait pas.

Je me suis dirigée vers la tente, j'ai posé mon sac devant, mes chaussons à côté et j'ai entrepris de retendre les cordes en les ficelant à nouveau aux trois grosses pierres dont je m'étais servi. J'ai regonflé le matelas à la bouche, je l'ai remis sous la tente et j'ai commencé à déballer mon sac. J'aurais eu un balai, je crois que j'aurais tout balayé, les provisions, les bouts de plantes crevées, les crottes de mouche et le tas de laine. Tout balayé et tout envoyé par-dessus bord.

Il était devant le foyer que j'avais construit et où il avait brûlé les deux bûches de réserve. Juste devant, le ruisseau à sa gauche et mon oreiller sous le cul. J'ai pris une des nouvelles bûches, à deux mains, et je me suis dirigée vers lui, dans son dos. Je me suis arrêtée quand il a été à ma portée. Sans bouger, debout, le dominant de toute ma hauteur, armée. Je voyais son crâne clair sous les courts cheveux blancs, sa nuque, les fibres du bois dans mes mains, le noir poudreux du brasier éteint, celui des traînées d'eau de fonte, l'ivoire lavé de la roche, la sécheresse de la lumière qui nous ceignait, et j'ai clairement senti que seule mon attention était tendue comme la tente aux quatre coins de la vire.

J'ai pesé cette sensation. Puis je l'ai contourné lentement et j'ai posé ma bûche dans le foyer. Quand j'ai été assise devant lui, sa main est sortie des plis de son vêtement, fulgurante, sa main gauche. L'ongle de vingt centimètres était accroché à son index et entourait le corps de la bouteille d'alcool blanc qu'il me tendait comme un serpent sec racorni autour d'un diamant. Il restait une gorgée, je l'ai bue. Il a repris la bouteille avant que j'aie le temps de la poser au sol, et l'a lancée dans le vide derrière moi. En suivant du regard la courbe qu'elle a décrite, j'ai vu mes neuf dégaines et mes neuf pitons briller au soleil au fond du désert de granite.

Comment croire que je me sois endormie cette nuit-là alors même qu'il était toujours devant le foyer, aussi immobile qu'une commode ?

On joue avec les animaux. On joue avec les chats, avec les chiens. À la chasse à la souris, à la course, à des variantes archaïques du jeu de balle. Ce n'est pas une vraie souris, ce n'est pas une vraie chasse, mais je manipule la boulette de papier comme une souris qui s'enfuit, qui se cache, et le chat joue au chat. Est-ce un entraînement pour le chat ?

Est-ce qu'il y a un jeu, le début d'un jeu entre le tas de laine et moi ?

Et si c'était le chat qui apprenait quelque chose à la boulette de papier ?

J'ai pris un bain de lune. Un bain de lune bouillant. J'avais prévu de m'y plonger dans l'après-midi mais je me suis trompée dans mes calculs. Après une matinée de travail au jardin et un premier bain glacé dans le lac, j'ai entrepris de laver la baignoire sous les pins et de creuser dessous un foyer et une rigole de vidange. Cela m'a pris plus de temps que prévu. Ce fut plus long encore de nourrir le feu jusqu'à ce que l'eau soit chaude.

Au bout de quatre heures, des microbulles montaient sur les parois de fonte émaillée. J'ai dû patienter encore avant d'y mettre le pied. Le soleil était couché quand la température a atteint le point où on peut plonger un volatile dans l'eau pour le plumer sans le cuire. Alors j'ai couru au lac, nue, et je m'y suis jetée d'un coup, tête comprise. Deux brasses. Je suis revenue toujours courant, claquant des dents, et je me suis plongée dans l'eau qui fumait contre le rideau des pins noirs de la nuit tombée. Elle était si chaude que je l'ai sentie glacée. J'étais froide, mon sang s'est mis à courir dans mes veines comme un cheval emballé. J'ai vu rouge, des vagues rouges derrière mes paupières fermées.

J'ai attendu que mes dents cessent de cogner, que mes muscles se détendent, que mon crâne perçoive à nouveau l'air et l'humidité de mes cheveux, que mes oreilles se vident du battement interne et qu'elles s'ouvrent. Quand j'ai eu la sensation que ma nuque posée sur le dossier de la baignoire flottait sur un polochon de coton chaud, que mon corps suivait son balancement comme la traîne d'un cerf-volant stationnaire, j'ai ouvert les yeux et j'ai vu tout ce noir, tous ces trous lumineux. Puis la boule d'ocre et d'argent dont la surface était plongée dans l'ombre pour un tiers. La lune. La lune gibbeuse. Grêlée de petite vérole, menteuse comme un arracheur de dents, inondée de soleil, incongrue. Énorme alors qu'elle n'était pas pleine et que la sommité d'un pin aurait suffi à la camoufler. Haute, brillante, un phare dans une mer silencieuse, clapotante. Ma barque était pleine, elle suivait le courant. Je n'avais pas à fournir le moindre effort, elle se dirigeait sur la flamme. Luciole montée sur coussin d'eau, ma baignoire a pris l'envol le plus souple que j'ai jamais vécu, elle a dépassé lentement la canopée, à peine, et s'est mise à voguer en frottant son ventre sur les algues raides du fond. J'en percevais le grattement à travers l'émail et la fonte. Nous arpentions le bois. J'ai vu mes bambous border le courant clair du ruisseau, mon jardin posé sur le fond sableux de l'océan, la courte pousse de la pelouse, puis nous avons traversé le bois dans sa largeur sur les hautes herbes des épines avec le même petit bruit caractéristique, un grésillement. La gravière est apparue comme une plage de charbon, mille reflets, déjà coupants, et le lac aussitôt après a dédoublé l'espace nocturne. J'ai pris conscience de la distance soudaine entre le ventre de ma barque et le sol. De la distance étonnante jusqu'à la lune. De la situation paradoxale, soufflante, dans laquelle je me trouvais. Celle d'un satellite, d'un ballon, d'un galion ? Un corps céleste, une étoile fixe ? Je n'ai plus bougé. J'ai commencé à frissonner. Il m'a suffi de remuer le pied droit pour reprendre contact avec l'émail et l'émail avec la fonte, la fonte avec les aiguilles, les aiguilles, l'écorce, l'écorce, le sol, le sol, les bûches, et les bûches, le tiède entre les quatre pieds de lion tournés et reposés, par terre.

 Il faut que je trouve un moyen de prolonger l'exploration. La construction. Du granite pourrait peut-être faire l'affaire. Chauffé à blanc et plongé dans l'eau. À voir.

L'intention de l'autre m'est à peine plus cachée que la mienne. Même si on admet qu'elle se forme à l'intérieur de quelque chose en lui (corps, fort, esprit) que cet intérieur est clos et bouché par des volets ou qu'il n'a ni porte ni fenêtre, cette intention (ce désir, cet élan, cette stratégie) m'est à peine plus étrangère que celle qui m'anime. Mais cet occulte est un phénomène qui n'a peut-être, finalement, aucun intérêt.

Se contenter de ce qui arrive.

Si on examine un événement on voit en lui sa formation et son devenir.

Je ne comprends pas « regarder ce qui arrive » comme un acte de naïveté. Je comprends « s'en contenter » comme un acte de sagesse.

La description, sans jugement, sans inclination, est peut-être la seule discipline nécessaire. À quoi ? À l'accueil du monde.

Et comment ne saurait-il pas vivre celui qui accueille le monde ?

Mes cairns ont été remués. Je connais suffisamment mon chemin au fond de la cuvette pour la traverser sans chercher mes marques. Je le connais assez, maintenant, pour me passer des marques que j'ai faites. Je me repère à la forme générale des blocs, à certaines lignes et à certains enchevêtrements. Je sais que derrière tel amoncellement, je trouverai mon troisième cairn, que c'est précisément lui qui confère sa forme et sa familiarité à l'amalgame qui le cache. Je sais que j'ai marqué une énorme pierre parce qu'elle avait tout d'une bouche de baleine, grande comme une maison, striée verticalement par des veines fines comme des fanons. Je sais que je lui ai fait deux yeux sur les côtés, phosphorescents, je sais que le cairn peut être vu à l'aller et au retour. Ils ont été déplacés. Ils n'ont pas disparu. Quelques-uns sont restés en place. La baleine a été déplacée. Elle doit peser deux cents tonnes, et je l'ai trouvée à trois cents mètres à l'ouest de son emplacement habituel. C'est la même pierre. Ce sont ses yeux verts, ses longs fanons, sa masse, son port légèrement gauchi, comme si elle avait commencé à plonger. Je la reconnais, elle se présente sous le même angle qu'à l'endroit où elle était auparavant quand on vient de l'est comme je le fais d'habitude. Mais elle n'est plus à sa place.

Il n'y a pas de trou. Un amas de blocs de taille moyenne l'a remplacée. Ils ne dépassent pas le niveau général, ils ont un air très naturel mais elle n'était pas posée dessus. Je peux me tromper. Regarde avant d'expliquer !

Je me suis arrêtée. J'ai respiré, je suis montée sur le dos de la baleine déplacée et j'ai touché son œil droit. Rugueux. Pourquoi ? Je l'ai gratté et j'ai senti des particules se glisser sous mes ongles. J'ai regardé. Jaune, jaune-vert, filandreux. Certainement pas de la peinture. Couchée dessus, j'ai engagé mon buste sur la paroi et j'ai planté mon regard dans le sien. Du lichen. L'autre œil, pareil. Je suis descendue et j'ai ramassé ce qu'il fallait de pierres pour lui faire une bosse. Il ne faut pas confondre baleine et baleine à bosse. J'ai remonté à nouveau le chemin en l'examinant de très près. J'ai beaucoup tourné. Le premier cairn est là où je l'avais mis. Le deuxième a été le plus difficile à démasquer. Il n'a évolué que de quelques dizaines de centimètres, moins d'un mètre, c'est certain, et selon une translation qui offrait une vue conforme à l'habitude sur le quatrième cairn (la baleine) comme si je venais de croiser le troisième que je n'avais pourtant pas croisé. Un fixe, un bougé, un manque, un faux et me voilà perdue dans une cuve que je croyais connaître comme ma poche. Les yeux de la vraie baleine (je l'ai retrouvée) ont été recouverts. On dirait une taie de pus. Ça colle aux doigts, l'odeur est douceâtre. J'ai retrouvé la peinture dessous, jaune, verte, phosphorescente. Je ne dis rien.

Durant mes recherches, ma carte mentale s'est transformée plusieurs fois. Elle a viré autour de ses axes comme un bateau incapable de garder un cap, néanmoins gouverné. J'ai senti les colonnes vertébrales se placer, s'effacer, se remplacer les unes après les autres. C'est une sensation, pas autre chose. Chaque changement de l'axe de ma représentation a transformé l'espace intérieur de la cuvette. Et ma place relative. Ma situation temporelle s'en est également trouvée affectée. J'ai eu des relatives de différentes natures avec ce fond de glacier sec dont l'orientation n'a pas varié depuis le pliocène. Je ne dis rien mais je me demande.

Y a-t-il un jeu entre le tas de laine et moi ?

Le chat veut déchiqueter la boulette de papier, le joueur qui la manipule ne cherche pas à déchiqueter le chat. Tout au plus à le faire courir, à l'énerver, à l'assommer contre le chambranle des portes s'il n'y prend pas garde. À lui faire rater son but. Gagner, pour la souris, c'est voir le chat tourner le dos et cesser le jeu.

Est-ce que la prédation est le fond des tout premiers jeux ? Il y a un vainqueur et un vaincu, il y a ruse, il y a stratégie, il y a part obscure, habileté, réflexion et calcul dans la prédation.

L'ultime critère du jeu, le critère décisif, serait-il qu'on puisse le pratiquer plusieurs fois avec le même adversaire ? Qu'on puisse en faire des *parties* ?

Est-ce que l'envie de jouer est un deuxième critère décisif ?

Est-ce que l'autarcie est un refus du jeu, radical ?

Qu'est-ce que fait ce putain de moine avec mon territoire ? Envahissement, occupation traversée, trouble ?

Elles sont sorties en même temps. Trois jours d'absence au jardin et toutes mes planches de cultures ont été touchées. J'ai passé la journée, *la journée*, penchée sur la terre avec des doigts comme des tenailles subtiles à arracher des touffes de poils verts, trop nombreuses et trop enracinées pour que je puisse recourir au croc sans mettre en danger mes betteraves, mes salades et mes poireaux.

J'ai essayé de me coucher au sol et de travailler comme un roi fainéant sur une litière mais c'était encore plus inconfortable. Sur le côté, on ne voit rien, on en manque la moitié. Sur le ventre, c'est épuisant pour la nuque, et j'ai pris un coup de soleil. J'ai donc dû me relever et finir debout, la colonne parallèle à la terre, un échassier à la pêche. Après ça avec les pucerons, ce fut un jeu d'enfants. Même si mes pulvérisations n'ont pas eu l'air de leur faire beaucoup de mal sur le coup, une heure plus tard, je suis repassée, l'armée était défaite et tombée, les tiges étaient nettes.

Je suis allée prendre le frais au bord du lac avant que le jour ne baisse. Il va bientôt falloir que je fasse fonctionner mon système d'irrigation. Le seau ne suffit plus. On peut apprendre à humer une eau qu'on ne verse pas soi-même, cela ne fait pas une telle différence. L'odeur du lac par exemple, de ses bords terreux qui sèchent au soleil de l'après-midi, je l'apprécie de plus en plus.

En passant sous les pins, j'ai noté que ma réserve de bois avait été très entamée par mon bain de lune. Il reste une dizaine de troncs morts à proximité, je vais m'en occuper. Cela suffira jusqu'à l'hiver, je pense. Un bain par semaine, c'est un bon rythme. Les habitudes aussi, il faut les construire. Effectuer les gestes de l'autarcie, les gestes simples, quotidiens, voilà ce que je m'étais proposé de construire pour habitude. J'ai investi cet environnement et ces conditions qui me permettent de n'être pas dans l'obligation de croiser tous les matins un ingrat, un envieux, un imbécile. Qui me laissent le loisir de penser à tout autre chose, dans une action utile et mécanique. J'ai occupé ma journée à éplucher la terre des minuscules touffes vertes qui menacent mes légumes. Devant mes yeux par-dessus les mauvaises herbes, il n'y avait que le moine, son habit de laine, sa main gauche, son index griffu, son crâne. Il n'était absolument pas prévu que je partage quoi que ce soit avec quelqu'un et encore moins tout un espace – mon espace ! Il n'était pas prévu qu'un humain me dérange, j'avais pris de strictes dispositions pour que cela n'arrive pas. Il est hors de question que j'ai à supporter quelqu'un. Fût-il moine, muet, et vêtu d'un sac. Même dans l'hypothèse hasardeuse qu'il ne soit ni un envieux, ni un ingrat, ni un imbécile. Il fait du bruit. Avec un marteau en pleine nuit. Et peu importe. Il me dérange.

Il serait inutile et inadéquat d'appeler les gendarmes. Je dois le chasser moi-même. Parce qu'il n'est pas question non plus que je doive quoi que ce soit à quelqu'un, encore moins à une autorité quelconque. J'ai déjà tout réglé. Mon compte est nul, il doit le rester. Je ne peux pas me laisser envahir. Je ne le supporterai pas.

Un bon coup de bûche à la base de la nuque sur une vire suspendue à une paroi rocheuse dans un massif de vingt et un hectares aurait pu régler ce problème. Pourquoi son absence d'attention m'a-t-elle empêchée ? Il ne pouvait pas ne pas percevoir la mienne. Pourtant elle m'a empêchée. Comment croire cela ?

Les animaux n'évoluent pas sur le même plan que nous. Ils évoluent dans le même monde mais pas sur le même plan.

Un cheval n'est pas idiot, d'accord ? Un cheval, on le met en joue, il vous regarde. On tire, on le manque, il sent votre balle passer dans sa crinière, il s'affole. On le laisse se calmer, on attend. On le met en joue, il vous regarde.

Il ne perçoit pas la menace mécanique. Il ne perçoit que celle des corps, du vivant. Faites un geste brusque, il s'emballe. Approchez-vous en courant, il vous laisse sur place. Mesurez vos mouvements, il accepte d'être touché. C'est moins une question de reconnaissance des formes, qu'une question d'ondes ou de plan, c'est mon hypothèse. Nous ne partageons pas l'espace avec les animaux. Nos territoires ne se recoupent pas. Non pas parce que les cartes objectives qu'on pourrait en lever ne coïncideraient pas (cela pourrait être) mais parce que leur territoire n'est pas une surface à proprement parler. Ce n'est pas une étendue dont on pourrait tracer les limites. Même si le ragondin ne franchira jamais telle ligne de crête, tel tronçon de rivière durant le cours de sa vie, sauf s'il y est contraint, il n'a pas pour autant un domaine limité à sa disposition. Son territoire c'est sa pratique. Une pratique vitale, qui subordonne à ses actions la matière dans laquelle il circule. Grignoter, déféquer, attirer, repousser, donner de la voix.

Ils nous voient, ils nous entendent, ils se cognent aux planches, ils s'écrasent sous nos pneus mais ils n'évoluent pas dans notre espace. Croisez le regard d'un chevreuil, il vous voit, il peut même paraître vous saluer mais vous n'aurez aucun contact visuel avec lui. Le chien pareil. Et ce n'est pas une question d'affection, de capacité à être affecté. S'il y a des animaux – et il y en a – il y a des immortels. L'hypothèse n'est pas irrationnelle. Je suis tout à fait favorable à la libre circulation des dix mille êtres sur tous les plans d'espaces possibles. Mais pas à l'intérieur de celui que je suis en train de construire, que je creuse au cœur de la montagne, dans les rochers, les météores, les pelouses, l'oxygène raréfié et l'effort. Mon territoire qui est là. Qui est ailleurs. Toutes les briques sont anciennes, l'action c'est la mienne.

J'y suis retournée. J'étais sûre que j'allais la voir à nouveau. Je ne sais pas pourquoi et cela m'est complètement égal. Tout peut certainement s'expliquer, et alors ? Il y a tout de même un ou deux points qui restent obscurs (la naissance, la mort, pourquoi y a-t-il quelque chose plutôt que rien. Des bagatelles).

J'avais préparé ma sortie. Quant à faire l'idiote, autant y aller franchement. J'étais montée en short et en T-shirt, un bob sur la tête, avec dans mon sac un coupe-vent pour le passage de la brèche, une frontale, un repas qui permettait d'en faire deux et une gourde déjà presque remplie d'urine. La mienne.

En traversant le cirque, je n'ai pas regardé les cairns, ni leur constance, ni leurs changements éventuels, seulement la lumière qui commençait à les étirer, et j'ai gagné plutôt vite le chemin qui coupe la pente et monte dans l'oblique. Je passe maintenant le pas du vide sans marquer la moindre hésitation. Je n'ai même plus besoin de m'y préparer mentalement. Il est intégré à ma pratique. En haut, entre les blocs, le vent m'a poussée et m'a séchée du même coup.

J'ai passé la crête sans un regard en arrière. J'étais en pleine forme, je ne me suis pas arrêtée à l'observatoire grand comme deux lits, et pour quoi faire ? J'étais sûre de la voir à nouveau. J'ai dévalé le pierrier selon ma technique habituelle. Vite puis repos. Cette fois-ci néanmoins, il y eut beaucoup moins de pauses. Les blocs semblaient se calculer d'eux-mêmes, ils se proposaient à mes pieds, gentiment, souples, rapides. Aucun angle coupant, aucune surprise d'appui, le ruban. Quand j'ai pris place devant la cabane, j'ai eu l'impression d'être sur un timbre-poste, plat, collé à l'enveloppe. Les lettres de la Compagnie électrique de la Haute Vallée semblaient s'être encore décolorées. Les lacs miroitaient comme des patinoires. Grimpée sur le banc, j'ai cherché la clef dans la niche, je l'ai trouvée. Je suis entrée directement en m'annonçant haut et fort en enlevant mon sac et en fermant la porte derrière moi. Je m'attendais, c'est vrai, à des cris d'orfraie et un remue-ménage. Il ne s'est rien passé. Je ne me suis pas attardée et je suis montée à l'étage. L'odeur était la même, paille, poussière, pas de cadavre, je m'en suis réjouie. J'ai ouvert les fenêtres en grand, les trois, ouvert les volets, ouvert le tiroir de la petite commode et le livre qui s'y trouvait que j'ai jeté sur un des matelas de paille. Je suis redescendue. En bas, j'ai ouvert les volets également mais j'ai refermé les fenêtres. Et comme je m'y attendais, la marmotte me regardait en clignant, la tête hors des couvertures. Attentive, oui, mais avec quelque chose de nonchalant qui m'a aussitôt agacée. Sans la quitter des yeux, sans lui marquer une attention particulière, juste vigilante, je me suis dirigée vers la table où j'avais posé mon sac contre la flaque figée de ce qui avait été une demi-bougie et j'ai plongé la main dedans. J'en ai sorti ma gourde, je l'ai débouchée d'un mouvement du pouce et j'ai marché sur la marmotte enfouie dans son grabat. Elle n'a pas eu le temps d'ouvrir la gueule pour cracher, je lui ai versé tout le contenu sur la tête, les dernières gouttes pour la couverture, les toutes dernières pour le plancher. Après, elle a craché. Et secoué ses moustaches et produit divers mouvements désordonnés. La laine remuait en tous sens. Sans me laisser impressionner, j'ai refermé ma gourde, je l'ai replacée dans mon sac, et en la regardant bien dans les yeux, j'ai reculé jusqu'à la porte, je suis sortie et la lui ai fermée au nez. À double tour. Pour faire bonne mesure, j'ai pissé sur le seuil, abondamment.

J'ai pris mon repas au bord d'une microcrique du lac supérieur. Je l'ai mangé en regardant les alevins de truite se ruer sur les boulettes de pain que je lançais de façon aléatoire. Leurs évolutions ressemblaient beaucoup à celles du rugby. J'ai pris soin de boire un litre d'eau avant de repartir. Et j'ai remonté doucement le pierrier, plus du tout comme celle qui l'avait descendu (une guerrière ?), plutôt comme un isard bien perché, les cannes raides, agiles, la touffe de queue en étendard.

Avant de repasser de mon côté, j'ai pris soin de compisser la crête entre les deux blocs. Pour une fois, le vent était un peu tombé, j'ai pu tracer une droite assez cohérente. Le dragon n'a pas moufté. Pour finir, j'ai jeté ma gourde vers la cabane et elle a décrit une courbe aussi nette, aussi élégante que précédemment la bouteille vide dans le vide.

La part obscure n'est jamais la violence. Tout le monde est capable de menacer et même d'attaquer, surtout dans des conditions désespérées. Il est possible de tuer, et en usant de la technologie des armes modernes, on ne rencontre aucune difficulté physique dans cette action. La force musculaire n'est plus le signe souverain de la violence possible. De la violence meurtrière. Elle en est presque l'ornement, ce dont on se passe lorsque les choses deviennent sérieuses. Ce n'est pas ma violence que je suis venue faire apparaître (disparaître), je ne joue pas cette partie contre elle, je la connais très bien. Prendre la carabine et faire un carton bien groupé dans un tas de laine sur un banc n'est pas une réponse très habile.

Mon entraînement général est plus général que je ne le pensais, il contient un humain. Certainement un envieux, un ingrat, un imbécile, comme ceux que j'ai croisés auparavant. Je l'ai menacé avec une bûche. Mais une menace, encore faut-il la comprendre sinon ce n'est rien que l'amorce d'une agression. Et si elle n'est pas exécutée, ce n'est même pas le souffle de l'intention. L'ai-je menacé ? L'idiotie serait-elle la réponse hors jeu la plus efficace ? Le moyen même de sortir du jeu, LA technique, LA méthode ? l'idiotie rompt la convention. L'accord entre les deux partenaires ne peut pas avoir lieu, elle sape la notion d'enjeu, d'attente, de différé, de domination. Elle explose la structure. L'idiotie met l'idiot hors de portée. Hors de portée ! de bûche, de fusil. Il est dans le même espace que moi mais sur un autre plan. Ailleurs. Bien sûr, je peux le tuer. Mais je ne peux pas le menacer. Qui ferait une promesse à un idiot (à part un autre idiot) ? Il faut faire l'autre idiot. Je vais faire l'autre idiot. L'idiote. Oui !

Donc je suis à nouveau retournée à la cabane. La bougie complètement étalée sur la table m'avait fourni la preuve qu'elle n'était pas seulement visitée par une marmotte. Et je n'avais pas d'autres pistes. M'installer à demeure dans le perchoir en comptant sur la prochaine séance de gong, c'était trop demander à la chance. Je préférais courir. J'avais décidé de virer la marmotte de la cabane si elle n'arrivait pas à supporter ma présence et d'attendre là. J'ai pris ma canne à pêche, une boîte pour les porte-bûches, trois cuillères numéro un (des rouges), mon sac de couchage et mon petit outillage de survie habituel. Après l'ascension (mon passage commençait à avoir des effets sur le sentier : plus large, plus net), j'ai passé la brèche à contrevent sans marquer de pause et me suis installée sur la pierre plate à l'abri pour un petit tour d'horizon. Le temps était clair. Le lac devant la cabane reflétait les pins, une frange sombre soulignait la rive du fond. Le grand, derrière la cabane, était complètement blanc, une ligne pâle le traversait d'un bout à l'autre. Le dernier, vassal des deux autres, discret, se contentait de répéter un bout de ciel. Les trois plaques avaient l'air de proposer quelque chose à la roche qui les encerclait. Une manière. Peut-être pas franchement liquide, mais souple. Aux jumelles, je voyais des ombres glisser sous la surface du ciel inversé.

La cabane était à nouveau fermée, porte, fenêtres et volets. Je n'y voyais pas un mauvais signe. J'ai pris le temps de manger un peu avant de descendre, des pâtes et des fruits confits. J'étais en train de déchirer le sac aluminium qui contenait ma nourriture lorsque j'ai perçu une activité vers la cabane. J'ai pris les jumelles. La porte venait de s'ouvrir. J'ai clairement vu le tas de laine sortir, son crâne sans capuche, un bout de pied nu. Il a déroulé trois pas, il est monté sur le banc de droite et il a planté son regard dans le lac. J'avais le temps. Il ne bougeait pas. J'ai pris mon repas en mâchant bien et lentement. Si j'avais eu mon réchaud, j'aurais fait un thé. J'ai bu trois gorgées d'eau avant de commencer à descendre. Ce n'était pas comme la fois précédente, la guerrière ne me portait pas. Les blocs étaient rétifs, j'avais des difficultés à enchaîner les mouvements dynamiques. Je soufflais comme un bœuf durant les pauses. Et à chaque fois que je m'arrêtais, je regardais ce que faisait le moine. Rien. Il était là comme une bûche. Les yeux dans le lac devant lui, le crâne au soleil. On ne pouvait même pas dire qu'il se chauffait, il ne faisait rien. Enfin je suis sortie du pierrier et j'ai pris pied sur la maigre pelouse qui le bordait. Environ trois cents mètres me séparaient du moine. Je n'avais plus besoin des jumelles pour distinguer le miroitement de son crâne. Un peu plus près, j'ai vu ses deux pieds pointer sous la laine, gris. J'étais à portée de voix quand je me suis rendu compte que je n'avais aucune idée de la suite des événements. Je ne suis pas passée devant lui. Je me suis assise de mon côté sur l'autre banc sans le regarder directement. Cela me paraissait indécent, trop intrusif. Une fois assise, j'ai tourné la tête. Pas bougé. J'ai pensé au dressage des dobermans, pas bouger, pas toucher, pas mordre. Et j'ai replacé mon visage face au lac. Je ne le voyais plus. Puis il y a eu un mouvement sur ma gauche. Figée comme j'étais, je le percevais avec l'oreille interne et la peau. Puis il était devant moi, devant mes yeux à la place du lac le moine, et alors il a planté son regard dans le mien comme il l'avait planté dans l'eau une heure auparavant, il a levé son habit de laine jusqu'à sa poitrine et s'est mis comme ça, debout, les jambes arquées, à pisser dans ma direction. J'ai tout vu, les genoux sales, les cuisses décharnées, le pubis glabre, le ventre dur, l'épais filet qui sortait de son corps. J'ai vu les lèvres, c'était une femme. Quand le jet s'est épuisé, elle m'a tourné le dos, s'est accroupie au sol dans la flaque qu'elle venait de produire et sous mes yeux, dans sa main ouverte, la droite, elle s'est mise à chier. Quand elle a eu terminé, elle a jeté sa merde dans l'eau devant elle. J'ai vu les ronds de l'impact se diffuser à la surface, s'élargir, s'accorder à la dimension du lac. Elle s'est essuyé les mains dans la laine en se relevant, elle est rentrée dans la cabane et elle a fermé la porte.

Durant les heures qui ont suivi, il ne s'est rien passé. Rien d'autre. Le soleil s'est couché. Je suis rentrée dans la nuit, je ne sais comment, abasourdie.

La méthode, c'est d'aller pas à pas avec constance. Le secret de la marche en montagne consiste en une foulée longue, lente et régulière. Le souffle se règle de lui-même. Ne pas se laisser distraire, ne pas courir tous les trous de souris, continuer de pratiquer, dans la lenteur, avec ténacité, c'est cela le vrai garant. Maintenir, c'est-à-dire répéter le même alors que les circonstances changent, maintenir une action, une pensée, une volonté, c'est construire, fabriquer, atteindre sa propre cohérence. Toujours vouloir les mêmes choses, toujours refuser les mêmes choses, dans tous les mondes.

La promesse, en ce sens, est peut-être au fond une promesse de cohérence. Quand tout aura changé autour de nous, il restera cette promesse qui a été faite. Elle suppose qu'on ait la mémoire de l'un, de l'autre, et d'elle qui nous lie. On est moins lié à l'autre qu'à soi-même par la promesse, c'est-à-dire à l'exigence de garder suffisamment la mémoire de son être passé pour le conserver identique au moins à l'endroit qu'a désigné l'enjeu de la promesse.

La promesse est-elle une méthode de l'identité ?

Tenir à quelque chose plutôt qu'à rien. Tenir un cap plutôt qu'en changer continuellement. Tenir sa forme plutôt que la laisser s'effondrer. L'identité n'est pas un état mais une activité. Et la vie : un état ou une activité ? Être vivant.

Je vais rester chez moi, je vais rester dans mon tube. J'ai tout ce qu'il me faut dans mon tube, le jardin peut attendre ou je peux descendre arroser le soir et remonter directement. Je vais rester là, tranquille. C'est un espace doux, résistant et doux, mesuré, il va faire bon y rester. Je vais cuisiner. Un clafoutis à la poêle par exemple. J'ai des boîtes de pêches au sirop, des œufs en tube, de la farine, du sucre, de la poudre de lait de soja, j'ai tout ce qu'il faut. Un four n'est pas absolument nécessaire pour cuire un clafoutis. La poêle anti-adhésive, le couvercle, une bonne couche de gras, à feu doux, ça ira très bien. Ou des crêpes, je peux faire des crêpes. Non, un clafoutis c'est mieux. Dans les crêpes, je vais voir les cratères de la lune et je n'ai que faire de la lune dans mon tube. Pas en pleine journée.

Il y a un vent fort dehors. Je l'entends glisser contre mon habitacle. C'est agréable. Le soleil claque partout, il fait une chaleur de four à l'abri du vent qui descend des glaciers. Dehors, il fait chaud et froid en même temps. Les insectes, pris dans les rafales, ont des accélérations incontrôlables, le bruit est constant, la lumière le renforce. Je suis bien à l'intérieur de mon habitacle, fenêtres fermées, œil ouvert. Je vois tout sans rien souffrir, la température est inaltérée, le bruit à distance. Sur le ventre sur ma couchette, la tête dans les mains, je vois le monde de loin. Depuis le seul coin d'espace préservé dans cette montagne brutale en proie aux courants contradictoires. Peut-être y a-t-il quelques terriers d'insectes, quelques nids bien situés, quelques minuscules grottes offrant ici et là un confort similaire à leurs occupants mais nous ne sommes pas légion, et personne d'autre que moi à dix kilomètres à la ronde n'a de plaques électriques pour faire cuire son clafoutis.

Je suis la mieux lotie. Je vais rester dans mon tube et m'y activer d'une petite activité, planquée comme un porte-bûches sous la canicule. La chaleur passera, le vent tombera. Je fais comme je veux. Ce n'est pas toujours ceux qui courent dehors par tous les temps et dorment sous les cailloux qui en apprennent le plus sur le monde. Il y a des connaissances d'affût. Des patiences fructueuses. Des replis stratégiques. Il se peut que je sois fatiguée. Quelque chose m'a fatiguée. Mes cuisses sont dures et courbaturées, la douche brûlante prise ce matin n'a pas effacé la sensation. Je les ai massées à l'huile avec trois gouttes d'arnica et de gaulthérie.

La douleur est remontée dans les fessiers, maintenant elle prend mes côtes dans un étau, ni trop serré ni négligeable. Si elle n'a pas disparu demain, je me ferai une vaporisation de cannabis. Les heures d'immobilité face au lac dans l'humidité et la surprise ont pu jouer sur mes muscles profonds. Les crisper. La chaleur et le repos devraient résoudre le problème. Je travaille aussi à ma respiration. Profonde. Et à la pâte de mon clafoutis, à mélanger soigneusement les œufs en tube, le lait reconstitué et la farine. J'en ai assez des grumeaux.

Je ne peux pas, personne ne le peut, ne pas prêter attention à la présence d'un humain. D'une coccinelle, d'un geai, d'un isard, d'une souris, oui, mais pas d'un humain. C'est un fait. Dès que je vois un humain, j'ai l'idée d'une relation entre lui et moi. Je m'en rends compte. Je ne peux pas faire comme s'il n'existait pas. Encore moins dans la position isolée dans laquelle je me trouve. Que j'ai choisie. Dans laquelle je m'exerce et cherche à savoir si on peut vivre hors jeu, en ayant supposé qu'on le peut et que c'est une des conditions requises pour obtenir la paix de l'âme. C'est une hypothèse que j'ai faite et que je m'efforce de vérifier. Et tout à coup il y a un moine, enfin, une nonne, disons. Qui ne ressent pas la menace. Qui plonge son regard dans le mien comme elle le plonge dans le lac. Est-ce un contact visuel ? Est-ce qu'elle a un contact visuel avec le lac aussi ? Tout à coup, il y a une nonne qui vous chie au nez.

Chacun chez soi et les poules seront bien gardées, c'est le début d'une société, d'une règle sociale. Il n'y a pas de non-relation entre humains.

Le type qui siffle dans le jardin à côté du vôtre en faisant cuire ses saucisses, vous signale qu'il existe, que vous respirez tous les deux le même air et qu'il est chez lui dans votre espace sonore. Vous êtes sur le même plan. C'est très archaïque. Les comportements humains pour la plupart sont très archaïques, et passablement agressifs.

Je n'ai pas entendu la nonne siffler. Jouer du gong à toute volée en pleine nuit, oui, mais je ne l'ai pas entendue siffler. Si elle ne ressent pas la menace, peut-elle la proférer ? Aucune de ses actions n'est tout à fait adéquate. À quoi ? À ton expérience de l'humanité. Est-ce que c'est trop pour toi ? Trop quoi ? Désorienté. Tu as l'air inquiète ? Peut-être.

Est-ce que se gouverner soi-même, c'est nécessairement gouverner les autres ?

J'ai une caisse de rhum brun dans le cellier. Une caisse de rhum brun et une caisse de gin. J'ai décidé d'en risquer trois bouteilles. La première, je suis allée la poser sur les étagères de la vire. Elle avait su trouver la demi-bouteille, elle trouverait bien celle-ci. La seconde, je l'ai posée sur le banc devant la cabane. Je n'ai pas frappé, je n'ai pas cherché à entrer. Je l'ai couchée entre deux lattes et je suis partie. J'ai fait une pause sur la pierre à l'abri et j'ai regardé un moment. Rien vu. La troisième, j'avais décidé de la garder toujours sur moi, en cas de rencontre. Je ne sortais plus sans sac, je la traînais avec moi au jardin, en forêt, dans les roches. Je grimpais avec. Au bout de quelques jours, je suis repassée par la brèche entre les deux écailles du dragon pour voir ce qu'il en était. La bouteille était toujours couchée entre les deux lattes. À cette distance, je ne pouvais pas voir si elle était pleine ou vide, elle semblait ne pas avoir bougé. Je n'ai pas approché. Ce jour-là, j'ai redescendu le sentier à toute allure. Je suis arrivée au fond du cirque en une petite heure et j'ai choisi de passer la nuit sur la vire. Avec ma bouteille personnelle, après tout, je n'avais pas besoin d'aide. J'avais deux bûches de réserve, de quoi dîner là-haut, et un bon pull dans mon sac à dos.

L'ascension a été un peu laborieuse. L'éclat du soleil était très fort et la sueur faisait glisser mes lunettes sur mon nez. Au sommet, j'ai fait une sieste dans l'ombre de la roche qui portait le 2 871. Je n'en pouvais plus. En changeant de versant, j'ai constaté que les filets d'eau étaient très amoindris. Certaines traces noires sur les montagnes opposées avaient complètement séché, la vallée était encore plus blanche et plus raide. Je me suis laissée glisser contre la colonne jusqu'à la bosse du chameau mais, pour le reste de la descente, j'ai renoncé au libre et j'ai installé une corde de rappel, sans planter un clou, avec un simple nœud autour d'une excroissance rocheuse. Le grigri m'a amenée en bas en cinq minutes. J'ai regardé tout de suite s'il s'était passé quelque chose sur la vire. Apparemment rien. La bouteille pleine était toujours là. Aucun des objets n'avait été déplacé. Les fleurs en revanche s'étaient étiolées, surtout les pieds-de-chat, la mousse était moins verte, par bonheur, le petit ruisseau coulait encore un peu. J'en ai bu rapidement trois gorgées, ferreuses à souhait. Puis je me suis installée. C'est-à-dire que j'ai sorti la bouteille pleine, je l'ai rangée à côté de l'autre, j'ai refait le compte de mes propriétés, j'ai vérifié la tente, le tapis de sol, j'ai sorti mon pull et je me suis assise dessus. Il faisait sec, sec, sec. L'air craquait comme un papier froissé. La pierre était chaude, la mousse était tiède. Je me suis allongée le long du ruisseau, je n'avais rien à faire, je me suis rendormie. La lumière avait baissé quand je me suis réveillée une troisième fois ce jour-là. J'étais sur le côté droit, collée au cours du ruisseau comme à un corps. Cette position, cette sensation plutôt familière et lointaine me cueillit au réveil et me plongea dans une tristesse incontrôlable. Profonde comme un puits, déchirante, des retrouvailles. Je me suis assise et j'ai regardé autour de moi. La roche nue, le vrai vide, le ciel. Le soleil était très bas. Je me suis levée et, avant de construire mon feu pour la nuit, j'ai bu mes deux premières gorgées de rhum face à la boule de feu qui avait asséché mon gosier toute la journée, à sa santé. Elles ont descendu mon œsophage l'une derrière l'autre en émissaires du soleil, brûlantes et sèches. Les larmes sont montées à mes yeux, je me suis mise à saliver abondamment. Une troisième gorgée a calmé mon organisme, je commençais à m'adapter.

Deux heures plus tard, j'avais descendu la moitié de ma bouteille et j'avais des difficultés à tenir un récipient au-dessus du feu. J'avais fait une sorte de bouillie que je ne pouvais pas avaler froide mais les flammes bougeaient de façon désordonnée. Puis j'ai distinctement entendu un caillou tomber. J'ai eu la présence d'esprit de poser ma casserole avant de me tourner pour percevoir contre la paroi quelque chose comme le vol d'une chauve-souris, un mouvement de soie. Aussitôt après, la nonne était devant moi. Dans sa laine, la tête nue, aussi blanche que la lune. Elle s'est approchée. J'étais surprise, surprise qu'elle ne sente ni la merde, ni la sueur, plutôt la poussière, la paille sèche, peut-être la cendre. Elle s'est assise face à moi, elle a déplacé deux pierres devant le feu, elle m'a pris des mains la casserole et l'a posée dessus. Les flammes ne bougeaient plus. J'ai sorti la bouteille et la lui ai tendue, tout droit. Elle a ôté le bouchon d'un geste qui a fait sonner le verre durant de longues secondes, et s'est vidé le liquide dans la bouche. Comme la fois précédente, elle m'a rendu la bouteille de la main gauche, l'ongle de l'index enroulé autour du goulot. Il restait quand même une gorgée et je l'ai bue. J'ai trouvé assez de courage pour prononcer quelques mots. Bonsoir et bienvenue, je vous attendais. Bienvenue. Il me semble. J'ai eu peur, physiquement peur qu'elle ne fasse rien d'autre que rester assise le regard dans le vide comme dans le lac, comme dans le mien, une peur qui m'a serré les boyaux. Mais au bout d'un temps, elle a attrapé la casserole dans laquelle bouillonnait ma mixture et elle a commencé d'y plonger la main. Je me suis levée pour aller chercher des couverts. J'avais une cuillère et une fourchette dans mon sac. J'ai pris la deuxième bouteille sur l'étagère et lui ai donné la cuillère en me rasseyant face à elle. Elle l'a acceptée. Mon ventre s'est décrispé, ma gorge aussi. J'ai bu un coup et j'ai posé la bouteille entre nous. Nous avons mangé ce truc, à la cuillère, à la fourchette, dans un silence qui n'avait rien de pesant, et ce truc était chaud, bienfaisant. Elle a roté, moi aussi. Elle a bu au ruisseau et elle a débouché la bouteille à nouveau. Mais avant que le son de caverne du verre soit absorbé par l'espace démesuré qui nous entourait, avant que la première lampée d'alcool ne touche ses lèvres, elle s'est mise à parler. Elle s'est mise à parler à l'intérieur de ce son, peut-être à l'intérieur de la bouteille, d'une voix grave et liquide.

Elle était, elle avait été ou elle avait connu un général chinois qui avait beaucoup exagéré avec sa puissance. Qui aimait beaucoup les femmes, beaucoup l'alcool, et ne se prenait pas pour la moitié d'un seigneur ou la moitié d'un immortel. Ni moitié de ci ni moitié de ça, un jour de grande boisson, il avait décidé de faire une partie d'échecs avec de vrais hommes et d'aller contre l'ordre du monde en faisant gagner son camp qui n'était pas le bon. Il était fort et fin stratège. Il donna de l'espoir aux uns et du fil à retordre aux autres, et cela fit beaucoup de dégâts, des morts et des morts par centaines et plus, une montagne écroulée, un Océan brûlé et asséché, un palais ratiboisé, des hippocampes en déroute, l'affolement chez les hommes, le désordre dans l'Empire. Tiens donc. On ne demande pas ses papiers à un général mais à l'époque, elle s'appelait

Dongbin. Le massacre déclenché par sa faute dura deux années pleines, pas de quoi tirer fierté. Après quoi, ni moitié de ci ni moitié de ça, il dut retourner en apprentissage, ce qu'il fit de bonne grâce, une leçon étant toujours bonne à prendre. Quoi qu'il en soit. Cela faisait maintenant un sacré bout de temps.

Je l'entendis déglutir longtemps dans un silence fantastique. L'espace lui aussi sembla se recomposer autour de nous comme si sa parole l'avait évaporé ou rempli. Sans surprise, la bouteille était asséchée. La nonne me fit cette grimace que j'avais déjà vue sous les pins mais, cette fois, j'y reconnus l'équivalent d'un sourire. Je hochais la tête et lançai la bouteille dans le vide. Elle la regarda voler, puis roula sur le côté, en boule, les pieds, les mains, le crâne, tout, enfoui dans la laine. Une seconde après, elle ronflait.

Et si la retraite n'était pas du tout, au fond, une réponse sauvage mais une erreur de calcul, un calcul erroné ? Si se retrancher c'était s'enfermer avec un ingrat, un oublieux, un imbécile ? Si s'éloigner des humains c'était céder à l'affolement ? Refuser de prendre le risque de la promesse, de la menace. Refuser de le calculer, de le mesurer, de s'en garder. Si la retraite (le retirement), c'était jeter le risque du côté du danger, définitivement ? Si c'était choisir la peur, la panique, se choisir un maître ? Se laisser dévorer par la promesse et la menace, sans même qu'elles s'annoncent ? Vaut-il mieux s'éloigner du danger ou tenter de le réduire ? À quelle distance une relation humaine n'est-elle qu'un risque ? À quelle distance est-elle inoffensive ?

Est-ce que la surprise est une solution ? Une sauvagerie ?

J'ai refait un clafoutis. Je l'ai mieux dosé que l'autre fois, il n'y avait aucun grumeau, il était complètement cuit, doré et moelleux. Je l'ai posé dehors sur la margelle qui surplombe le vide devant l'œil-de-bœuf, à l'abri du vent pour qu'il refroidisse. Quand il a été tiède, j'en ai mangé un quart en buvant un thé sans me demander si c'était l'heure du thé, ça ne l'était pas. Il faisait nuit. Une nuit bousculée de nuages, toutes formes et toutes tailles confondues, un vrai défilé, au pas de charge. Assise sur la banquette latérale derrière l'œil panoramique, le noir tout autour, j'ai eu l'impression de voir un film en noir et blanc avec des gris d'une grande subtilité, des noirs profonds, des blancs piqués, une action impeccable, un film muet. Quand j'ai eu fini ma part de clafoutis, j'ai pris mon instrument et j'ai pincé les cordes pour chaque étoile qui apparaissait brièvement entre les paquets de vapeur et d'aérosols, entre les choux-fleurs, les choux frisés, les choux plats, les grandes feuilles, les petites crottes. C'était rapide. J'aurais dû parfois les pincer toutes ensemble, j'ai fini par prendre l'archet et en glissant, par jouer les nuages puis glissant encore, leur déroulé, leur dévidement. Ample, le même tempo, beaucoup de graves, ils étaient de plus en plus gros. J'ai joué jusqu'à ce que la lumière change, jusqu'à ce que le fond du ciel soit allumé de l'intérieur et atteigne son volume maximal, juste avant l'aube, juste avant que la lune rétrécisse et perde son éclat. À ce moment-là, j'ai posé mon archet sur la banquette et j'ai regardé devant moi. Les montagnes lointaines encore noires, la pelouse grise, la fourrure des pins, la roche à mes pieds. J'ai tout embrassé avant de voir la forme sombre de la nonne, tassée sur un rocher bas, assise. Elle avait le visage tourné vers mon refuge, lisse, blanc, un halo terne tremblait autour de sa silhouette. Comme un feu follet, elle était toute petite. Nous nous sommes regardées sans bouger, deux satellites d'observation. Puis elle a levé le pouce en l'air, le droit, haut, et elle a disparu dans les bois, le temps de cligner de l'œil, elle n'était plus là. Il y avait un vide sur son rocher.

L'humidité est la pire des choses. L'eau en trombe, en pluie, en lac, en glace, en cristaux, rien à dire mais l'humidité qui flotte, sans se poser, qui poisse tout ce qu'elle touche et elle touche tout, qui s'immisce dans vos poumons, imbibe votre linge, passe dans vos murs et s'installe chez vous comme chez elle, est une lente et pernicieuse catastrophe. Je trempe depuis une semaine dans une atmosphère de jungle froide et j'ai l'impression de me gripper lentement de l'intérieur. Tous mes vêtements puent. Aucun moyen de les sécher vraiment. Il faudrait les cuire en les sortant du lac, qu'ils n'aient aucun contact avec l'air ambiant. Mon habitacle est comme une serre. Chaud et moite. Impossible d'y sécher quoi que ce soit. J'ai cinq minutes de répit par jour, après la douche. Quand je viens de m'essuyer de l'eau qui coule en filets honnêtes, juste avant que la vapeur collante ne reprenne à nouveau toute la place.

Au jardin, il n'y a plus que des limaces, noires, luisantes, striées comme des morilles, d'un gris nacré sous le ventre. Je les jette par dizaines dans un seau que je vais verser dans le lac. Sans savoir d'ailleurs si les truites apprécieront. Pas la patience d'attendre pour vérifier, aucune envie de pêcher avec ça.

Aucune envie de pêcher du tout d'ailleurs. Les poissons sont trop trempés, trop gluants. Je ne suis même plus très sûre de ne pas vivre comme eux à l'intérieur du lac, disons dans une couche supérieure. Épaisse jusqu'aux nuages. C'est peut-être nous, les cyanobactéries des temps modernes aérobies. De temps en temps, il y aurait un accès d'humidité comme un retour de varicelle ou quelque chose comme ça et nous seuls pourrions le traiter, en faisant passer toute cette flotte microscopique dans nos poumons comme des forges et en recrachant un air sec et sain qui relance la bonne marche du monde oxygéné. Je m'efforce de faire ma part, minuscule. C'est vraiment un effort. Tout me dégoûte. Mes livres se gondolent. Mes poireaux se recroquevillent dans la terre. Les troncs des pins sont comme des savonnettes. Il n'y a que les bambous qui paraissent imperméables. La vapeur se coupe sur leur fibre tranchante.

J'ai un habitacle thermoréfléchissant, des panneaux photovoltaïques, deux plaques de cuisson performantes, une douche à thermostat et je me rends compte que j'aurais dû prévoir une bouillotte. Ou bien un masque et un tuba.

Dix jours que je ne suis pas sortie des limites de mon royaume réduit (refuge-jardin-lac).

Est-ce qu'on peut avoir été un général chinois à demi immortel et à notre époque, une nonne isolée ancienne bergère ? Elle a dû être hippie. Peut-être américaine. Portée sur la bouteille, c'est un fait. Peut-être musicienne. C'est tout ce que j'ai. Hormis qu'elle est acclimatée et bonne grimpeuse. Peu soucieuse des conventions élémentaires. Peut-être idiote comme les animaux, sur un autre plan. Dans ce cas, pourquoi ne pas tolérer son passage sur ce territoire qui n'en est pas un pour elle ? Dans lequel elle n'a que des pratiques, certainement depuis plus longtemps que moi, comme en témoigne le gong dans les pins. Seulement des pratiques. Est-ce que cela ne pourrait pas faire partie de l'exercice ? Est-ce qu'elle a, de son côté, accueilli mon jeu de l'autre nuit ? Est-ce qu'elle m'a accueillie déjà sans que je n'en sache rien ? Est-ce que les isards m'ont accueillie, qui respirent ma présence tous les matins ? Est-ce que l'accueil est un pacte de non-agression ou est-ce qu'il y faut autre chose ? Est-ce que le plaisir peut être défini par l'absence de douleur ?

Je dois sortir de l'influence du climat. Le moindre rayon de soleil est une joie pour tout, l'esprit, la peau, les cheveux, les boyaux, les vêtements, les casseroles. Dès que remonte ou retombe le brouillard, mon humeur s'alourdit. Ce n'est pas souhaitable. Je le subis. Je n'arrive pas à admettre ce rapport entre les nuées, les météores, le ciel bas et bouché et le niveau de mon énergie. Mon plafond interne se règle de lui-même sur la hauteur, la quantité et la qualité de l'atmosphère extérieure. Je le supporte mal.

Tu acceptes qu'une forme verbale soit susceptible d'affecter ta production de glucocorticoïdes mais tu le refuses aux variations climatiques ? N'est-ce pas étonnant ? Tu te mets dans une situation d'exposition par rapport aux éléments et tu renâcles ? As-tu choisi un guide pour le maudire ? Et pourquoi pas ! Faut-il tout accepter d'un guide, y compris les âneries, les sales moments gratuits ? Est-ce qu'avoir les pieds trempés quinze jours de long c'est une expérience enrichissante ? En quoi ? En matière de champignon ? Est-ce que parler aux geais ça m'avance beaucoup sur le chemin de la paix de l'âme ? Ah tiens. Aurais-tu besoin d'une bonne conversation ? Va savoir ! Après tout, le guide peut bien supporter les griefs, les révoltes, les résistances, les rages, il peut être là pour ça aussi, merde, eh bien vas-y ! Gueule contre le brouillard, contre la pluie, le froid, le vent mordant, l'averse, la boue, la connerie des bêtes, défoule-toi. Tu peux hurler. Tu peux y aller hors de toute limite, exploser toutes les conventions, dépasser largement l'injure, l'irrespect, la destruction. C'est précisément pour ça que tu as choisi ce guide-là. Pas un humain. Tu n'obtiendras aucune réponse, aucune réaction (si tu croyais en avoir, il te faudrait redescendre). Tu as fait l'hypothèse que tu n'avais pas besoin de ce répondant, qu'il était en toi et que les saisons te le démontreraient. Tu peux gueuler maintenant. Tu peux gueuler. Les choses importantes de la vie ne sont que vide, pourriture, insignifiance, cabots qui se mordent, gamins qui se chamaillent, qui rient et qui pleurent l'instant d'après.

Deux orages de grêle ont complété le tableau. J'ai tout sorti ce matin au soleil, tous mes vêtements, les chaussures, la serpillière, les torchons, les draps, la couverture de soie, l'oreiller, le caisson et le tapis de sol de huit millimètres d'épaisseur. Ils s'aèrent, ils sèchent en profondeur. Je les écoute sécher parmi tout ce qui sèche, les pins, la roche, la pelouse, la gravière. Le ciel lui-même semble retrouver son souffle. Cela produit des petits craquements comme de minuscules allumettes qui s'enflammeraient spontanément alentour. J'ai regardé le jardin derrière ses murs. Il n'est pas beau à voir. Pour ne pas tasser la terre, j'avais renoncé à le travailler et à en ôter les limaces. Les salades en sont couvertes. Les poireaux dégoulinent, les fanes des carottes sont mâchées. Les courges et les bleues d'Auvergne ont l'air d'avoir bien résisté.

Demain, je sors le seau, je fais une razzia, j'envoie l'orthophosphate de fer, je coupe ce qui est cassé, je balance sur le compost, je refais des semis de poireaux et je griffe la terre pour l'aérer. Aujourd'hui, je constate. Les murs respirent à nouveau, l'herbe se redresse, les pins s'ébrouent, le ciel est vide. J'ai l'impression que la vague est passée. Apparemment, des milliers d'oiseaux s'étaient cachés. Des milliers d'insectes. Tout le monde chasse. Des fumerolles de graminées montent de la pelouse et glissent sur la pente. J'ai vu un faisan, flamboyant, s'enfoncer dans les bambous comme une flèche. L'univers est trempé mais il sèche, il est en train de sécher. La grêle est tombée si dru les deux fois que je me suis sentie dans mon habitacle comme à l'intérieur d'un canon, serrée dans un obus de plombs, au bord de l'explosive détente qui allait m'envoyer dans le fond de la vallée. Mais non. Les panneaux photovoltaïques n'ont subi aucun dommage, le toit est intact, bien que j'aie trouvé deux centimètres de billes gelées en équilibre sur la mince ligne de faîte, les deux fois. Les pattes de mon refuge sont solides, elles n'ont pas tremblé dans leur base. Les boulons luisent d'un nouvel éclat dans l'air réchauffé. Nous tenons. La preuve est faite. Nous tenons au moins la pluie, au moins l'orage, au moins la glace jetée par tombereaux à toute volée, au moins le vent hurlant, le son du tonnerre répercuté. Mon habitacle tient à la Terre et je tiens dans mon habitacle. Il est adapté, moi aussi. Les isards non plus ne sont pas sortis de leur planque pendant cette épreuve. Ni les rouges-gorges, ni les mésanges qui sont des athlètes. Un mammouth du pliocène aurait hésité et ne serait pas sorti non plus. Pourquoi faudrait-il s'en demander plus qu'à un rouge-gorge ?

À quel jeu pourrait-on jouer avec un idiot ? À la musique concrète ? À la balle, à la boulette de papier ?

Pourrait-il simuler la prédation ? En aurait-il envie ? Ou serait-il impossible de jouer avec un idiot ? Y compris à des jeux sans règles, seulement dotés d'un mode opératoire assez simple pour accueillir toutes sortes de bizarreries ? Mais combien de bizarreries supporte un jeu avant d'exploser dans le non-jeu ? Et comment se maintient un jeu s'il réinvente ses règles à mesure qu'il est joué ?

Un imbécile se prend au jeu, mais un idiot ?

Est-ce que pour jouer à quoi que ce soit, échecs, poker, boulette, il faut être sensible à la promesse, à la menace ? Est-ce qu'il faut être capable de percevoir la menace, de passer le pacte de la promesse ? Est-ce qu'on peut passer un pacte qui ne soit pas une promesse ?

Il faudrait inventer une forme de jeu qui comprendrait un engagement sans contrepartie et une menace pure, impersonnelle, sans relation. L'engagement n'aurait pas pour motif le gain, la menace n'aurait pas pour fin la domination. Un jeu vide dont le mode opératoire serait la règle même. Une règle souple mais tendue qui changerait à chaque coup sans jamais détruire le jeu. La méthode ? Non. La vie ? Un idiot jouerait à cela ? Ou seul un idiot pourrait jouer à cela : la vie ? Y jouerait comme il faut, en conscience, concentré sur la respiration du jeu, inaccessible au détourné d'attention. Un idiot : celui qui regarde le doigt qui montre la lune.

J'ai trouvé une sangle jaune bordée de vert enroulée sur elle-même au milieu de la brèche. Elle est neuve, large de deux ou trois centimètres, une de ses extrémités se termine par une boucle cousue et thermosoudée, l'autre est arrêtée net. Elle était posée entre les deux écailles du dragon qui garde cette passe, exactement au milieu, comme le point central de la ligne qui relierait leurs sommets. Elle était assez longue pour former le diamètre d'une cible de tir à l'arc. Elle semblait prête à se dérouler d'un coup. Le vent frottait les pierres et passait par gros paquets dans la vallée de la cabane, mais les trois lacs en contrebas n'avaient pas une seule ride. Je suis restée un moment dans les bourrasques à me demander si cette sangle trop brillante était un message ou un oubli. Je l'ai laissée où elle était. Je suis passée de l'autre côté et j'ai reçu la chute du vent comme une caresse. J'allais voir la nonne, j'avais une bouteille de rhum dans mon sac. Avec le retour de la chaleur, je me sentais légère, j'avais envie de fêter quelque chose.

Le soleil m'a appuyé sur la nuque tout le temps de la descente, les blocs auxquels je m'équilibrais étaient chauds sous mes mains. Rêches et chauds comme de bonnes prises, ils donnaient envie de s'attaquer à une longue voie, bien exposée, bien solide, assez ardue pour requérir toute la mathématique sensuelle d'une grimpe concentrée. J'avançais dans le pierrier en me demandant furtivement si la nonne accepterait une course à deux, en m'offusquant moi-même de la question.

Elle était là, dans la cabane, elle triait des haricots. Sur la table, dans le rayon de lumière que laissait passer le volet entrouvert, elle triait, comptait, rangeait et dérangeait des haricots secs, rouges, gros comme le pouce. Elle n'a pas levé la tête quand je suis entrée, elle a continué de remuer les lèvres et les doigts au-dessus de ses haricots. Au bout d'un moment, elle les a tous enfermés dans sa main gauche, elle a cessé de marmonner avant de les porter dans l'armoire sur l'étagère parsemée de crottes noires. Je l'ai saluée, salut Dongbin, et tout son visage s'est tiré vers les oreilles, j'ai vu ses gencives et les deux dents longues et blanches qui lui restaient. C'était une grimace épouvantable, allumée par les yeux, animée d'incroyables étirements de muscles et des cascades de rides. Mais j'ai été touchée et presque fière de reconnaître ce qu'elle m'avait adressé déjà deux fois auparavant sans que je m'en doute : un véritable sourire.

J'ai sorti la bouteille de rhum et je l'ai mise au centre de la table. Elle est allée chercher deux verres ronds sous le lit et les a placés de part et d'autre de la bouteille. Puis elle l'a prise, elle a ôté le bouchon et elle a versé un trait d'alcool entre les deux verres. Elle a ensuite porté la bouteille à sa bouche et elle en a avalé trois gorgées avant de me la tendre. Je l'ai imitée, trois gorgées, en me retenant d'essuyer le goulot.

Nous avons bu pendant une heure, lentement, en silence, en nous repassant la bouteille sur un rythme constant. Consciente de chaque gorgée, je suivais le chemin de l'alcool dans mon corps et j'observais ses effets sur ma chimie interne, la qualité de ma perception spatiale, la vitesse de mes pensées, la façon dont elles s'articulaient entre elles, l'apparente absence de logique qui régissait le défilé. Il y eut un pic d'activité confuse, extrêmement plaisante, puis au bout de l'heure, toute mon excitation était tombée, j'étais comme un verre vide et transparent sur un plan de bois brut. Posée, presque sans poids. C'est à ce moment-là que Dongbin a retourné les verres et qu'elle a versé un deuxième trait d'alcool entre eux, ce qui restait de la bouteille, un filet clair, doré, liquide mais consistant. J'ai vu ce trait s'accrocher au bord de chaque verre, comme un fil d'araignée collant, épais, je l'ai vu se tendre, osciller entre ses deux points d'attache soudainement massifs, et je l'ai vu s'effondrer sur la table. Avant qu'il ne le fasse, j'ai senti le poids de mon intention courir sur cette corde, vite mais sans précipitation. Et je suis passée. Dongbin me regardait. Elle a cligné des yeux et ses paupières se sont étirées jusqu'à devenir des fentes d'où sourdait une lumière étonnante. Elle s'est levée et elle a allumé un feu avec un chiffon humide, une poignée de branches et trois bûches. Elle a pendu un récipient à la crémaillère pleine de suie et dans ce qui clapotait à l'intérieur, elle a jeté la poignée de haricots qu'elle était allée récupérer sur l'étagère.

À un moment, ils ont été cuits et il a fallu manger cette soupe, à la cuillère et à la louche, en soufflant sur chaque bouchée tellement c'était chaud.

J'ai dormi dans un lit de paille à l'étage. Je ne sais plus comment je suis montée, dans la brume. J'étais bien couchée. Le matin, il n'y avait personne dans la cabane. J'avais une bonne gueule de bois et des difficultés à accommoder. J'ai pris de l'eau au ruisseau mais il n'y avait rien pour la faire chauffer, hormis le feu, éteint depuis longtemps. Je n'avais pas de thé, je ne me suis pas attardée. J'ai rempli la bouteille vide et j'ai remonté patiemment le pierrier. À la brèche, j'ai vu la sangle jaune bordée de vert déroulée sur toute sa longueur, fixée aux deux écailles du dragon, à soixante centimètres du sol. Hypertendue. Je l'ai enjambée sans m'arrêter et je suis redescendue de mon côté du monde, dans le cirque asséché du pliocène, accueillant comme une poêle à frire.

J'ai pris deux cachets en arrivant chez moi et je me suis couchée, sèche comme un bâton, deux litres d'eau à portée de main.

Est-ce que tu es en train de contrevenir à la promesse que tu t'es faite, oui ou non ?

Si tu n'es pas en train de contrevenir à cette promesse, la nonne Dongbin n'est ni une ingrate, ni une imbécile, ni une envieuse. Et si ça se trouve ? Et si ça pouvait se trouver, pourquoi ne pas l'accepter ? Ma promesse en est-elle vraiment menacée ? Le climat a-t-il changé ? L'environnement s'est-il transformé ? La roche, la pelouse, l'altitude ? Mon isolement est-il moins grand depuis que j'ai remarqué les pratiques de la nonne sur mon territoire ? Pourtant j'ai également remarqué les pratiques matinales des gros-becs, celles des isards, je sais où et quand ils vont boire, je sais que les truites ne mangent pas de limaces, j'ai surpris des appels nocturnes entre chevreuils, l'effraie qui hulule la nuit entre trois heures quinze et quatre heures dix, je connais la planque de deux ou trois crapauds, sans compter les fraisiers, les framboisiers, les coins à girolles et à cèpes, car pousser et faufiler son mycélium entre les racines, c'est aussi une pratique, n'est-ce pas ? J'ai remarqué ces vivants autour de moi, la façon dont ils s'étirent, se déplacent, s'abreuvent, se nourrissent et font du bruit, en quoi le fait d'avoir entendu un concert de gong, partagé une vire, observé une déjection, écouté la parole d'un humain, en quoi cela nuirait-il à ma méthode ? L'isolement, qu'est-ce que c'est ? C'est n'avoir pas la perspective d'un secours. Est-ce que la nonne Dongbin me porterait secours si j'étais en danger ? C'est indécidable. Ce qui ne l'est pas c'est que je penserais qu'elle pourrait le faire. De la même façon qu'il n'y a pas de non-relation entre humains, je ne pourrais pas m'en empêcher, je penserais à la nonne comme à quelqu'un de possiblement secourable. Serais-je assez cohérente pour supporter sans amertume, sans tristesse, qu'elle ne me porte pas secours si elle était en mesure de le faire ? Est-ce qu'on n'est pas capable de demander de l'aide à un crapaud quand les circonstances s'y prêtent ? Est-ce qu'on ne supplierait pas un ruisseau de se détourner si on a soif, les deux jambes cassées ? Est-ce qu'on ne se met pas à prier dans les dernières extrémités ? Hors de toute rationalité, de toute sagesse ? En quoi cette adresse et cette prière réduisent-elles l'isolement ? Elles le creusent.

Est-ce que la sagesse serait de supporter sans amertume ni tristesse que la promesse implicite de la relation humaine ne soit pas tenue ?

Est-ce que tu supporterais de ne pas porter secours à la nonne Dongbin ? Absolument pas. Pourquoi m'en abstiendrais-je ? On porte secours à son ennemi lui-même lorsqu'on n'est pas en train de l'assassiner. La seule sagesse ici serait de le supporter seulement si je ne peux pas lui porter secours. S'il ne m'appartient pas de le faire. Deux difficultés : estimer le danger, estimer le remède. Savoir si le danger est réel, savoir s'il est à ma portée d'y remédier. Combien de vies ont-elles été enchâssées dans le chantage en raison d'erreur dans ces deux estimations (volontaires ou non) ? Des milliards, passées et à venir. La liberté est là : on ne sauve personne. Il n'y a personne à sauver. Aucune rancune à avoir envers le ruisseau qui ne se détourne pas, envers la nonne qui ne tend pas sa main, qui ne descend pas te repêcher cassée sur ton rocher pointu, qui ne te tire pas du vide.

Le vide est une étude personnelle.

Cela fait un moment que j'ai envie d'équiper la face sud de mon 2 871. Depuis la diagonale facile jusqu'au replat où démarre mon parcours habituel pour le sommet, j'ai repéré avec précision deux attaques possibles. La première au pied du mur noir surplombant, par une vire à droite, puis une autre tout de suite à gauche. Je m'y suis avancée pour constater qu'elle se rétrécit et se redresse très vite avant de se transformer en cheminée-drième et d'être avalée par la paroi. Il me semble que c'est un excellent point de départ puisque à partir de là, on s'élève directement à la verticale jusqu'au mur de base.

Je ne sais rien de la partie médiane mais depuis le sommet j'ai observé aux jumelles le mur terminal, la cheminée oblique d'une trentaine de mètres, bien raide, et le système de corniches qui vient buter sur un petit ressaut quelques mètres sous l'arête. Si je passe le dernier surplomb, je serai à moins de dix mètres de mon siège géodésique. L'autre voie que je pressens est sensiblement la même si ce n'est que le point d'attaque est plus haut : à mi-parcours de la diagonale facile, par le premier ressaut de la paroi. Il y a là plusieurs accès possibles, apparemment sans grandes difficultés, qui mènent rapidement à la partie médiane. J'ai envie d'équiper la voie à partir d'ici pour pouvoir pratiquer légèrement le mur terminal qui est plein de promesses. Le problème est que je suis limitée en matériel. J'ai réfléchi et j'ai décidé d'aller récupérer mes huit dégaines au pied de la vire où la nonne les a balancées. J'ai bien mûri mon idée et j'ai opté pour le grand tour plutôt que pour la descente en rappel depuis la vire.

Je me suis couchée tôt (vingt heures) et je suis partie tôt dans la nuit (deux heures du matin). Je suis montée vers le grand cirque. Avant d'arriver à la gorge de raccordement, j'ai obliqué sur ma gauche dans le val qui s'enfonce au pied du massif. Son entrée est étroite mais il s'élargit considérablement après le premier kilomètre. Il est très froid et persillé de nombreuses galeries de marmotte. Mon avancée a été abondamment sifflée et commentée jusqu'aux premiers contreforts. Très raides. Je les ai gravis à pas lents et précautionneux, particulièrement dans les passages d'éboulis qui se dérobaient facilement. J'ai atteint une sorte de col au terme de quatre heures de marche tripatte bien appuyée (les pieds, le bâton). Le jour s'était pointé sans que je m'en aperçoive, il m'a frappée en même temps que le vide à l'arrivée au col.

Je me suis couchée à plat ventre. J'ai respiré calmement les paumes au sol, et en rouvrant les yeux, j'ai goûté au plaisir ambigu de l'aspiration. J'ai pris le temps qu'il fallait pour acclimater mes poumons et régler ma vue à la mesure de l'espace qui m'entourait, ou plutôt, à celle de l'espace qui ne m'entourait pas. Je n'avais pas prévu une telle exposition. Après plusieurs minutes, j'ai pu m'asseoir et étudier sereinement la question d'une possible voie de descente. Il y en avait une, et plutôt facile comme je devais m'en rendre compte après un petit casse-croûte accompagné d'un thé brûlant. Depuis que je vais en montagne, j'ai l'idée que si on peut prendre un repas quelque part, fût-ce sur une lame fragile en pleine pente ou sur un sommet raclé par la tempête, on pourra toujours en repartir et y revenir. Comme si on ne mangeait que chez soi et que chez soi était nécessairement un lieu sûr.

La descente était facile, elle était néanmoins tortueuse. Ce côté du massif est fractionné de nombreux plis rocheux. Dix fois j'ai pensé tourner enfin sa base pour retomber à nouveau dans un creux qui me projetait dans une nouvelle heure de marche. Les pierres étaient stables mais le soleil donnait durement et, dans cet enchevêtrement de granite sans trace de vie, il semblait produire un son blanc, absorbant. Il avalait le moindre bruit, la moindre goutte d'eau qui tombait. Je connaissais ce malaise et je ne m'en suis pas alarmée. Ma réserve d'eau, en revanche, baissait trop vite et lorsque je me suis aperçue que j'avais progressé beaucoup moins rapidement que prévu, j'ai commencé à m'inquiéter.

J'ai fait défiler dans ma tête les vues du massif que j'avais depuis la vire du carabe en essayant de me souvenir de l'emplacement exact des lignes noires qui indiquaient les voies de descente des eaux de fonte. En quelques semaines, leurs dessins s'étaient altérés, certains avaient disparu. Des lignes entières s'étaient enfoncées dans la roche, d'autres s'étaient résumées en ronds gris dont le nombre avait diminué. Je me souvenais d'une poche à mi-pente du petit pic que j'avais voulu grimper avant de tomber sur la vire du carabe. Dans mon souvenir, elle était toujours marquée, toujours sombre et de la taille d'une petite piscine. J'ai tenté d'établir des rapports certains entre la hauteur du pic, la largeur de sa base et les dimensions de la piscine (une phalange de pouce). Ces calculs m'ont occupée pendant plusieurs longueurs de pli. Mes résultats variaient beaucoup. La piscine rapetissait quand j'étais dans un pli pénétrant, elle grandissait quand le pli s'inversait. Quand elle prit tour à tour l'aspect d'une poignée d'eau puis celle d'un lac oublié, Baïkal, profond, fondant comme un glaçon, j'ai cherché un peu d'ombre et je me suis arrêtée.

Ma langue : un morceau de toile émeri, plus abrasive que le granite qui m'entourait. J'ai eu l'idée de lécher la paroi contre laquelle je m'appuyais pour forer la roche jusqu'à l'eau qu'elle cachait. Je me suis retenue. J'ai vu ces énormes cailloux, autant de tombeaux. Je me suis secouée, physiquement, les bras, les jambes, comme un drap de bain pour enlever les grains de sable, et j'ai rappelé mon savoir.

La vie était partout à mes pieds et autour de moi, le désert n'existait pas. Le soleil était plus qu'à mi-course, il déclinait, lentement mais sûrement ce jour brûlant allait avoir une fin. Je ne pouvais pourtant pas rester dans un trou de rocher en attendant la nuit, elle n'allait pas étancher ma soif. J'ai soufflé une demi-heure et je suis repartie, plus raide qu'une mécanique. J'ai repris mes calculs, cette fois entre quantité d'eau, heures de marche et masse corporelle. Ça ne collait pas. Aucun rapport ne faisait l'effort de s'ajuster. J'en ai conclu que le courant hydroélectrique à l'intérieur de mon cerveau passait de plus en plus mal. Le simple fait de formuler cette pensée l'infirmait presque, j'en fus soulagée.

De combien d'orteils pouvait être doté le pied de cette montagne ? J'ai repris les calculs. J'avais fait six longueurs internes, sept externes, j'étais bien au-delà du petit doigt de pied normal. Mais quelle créature avait autant d'instruments préhensiles aux pattes ? Et les questions se sont enchaînées : mon sac à dos était-il d'un rouge *rutilans* ? Est-ce que j'avais vraiment changé de taille en passant le col vertigineux du matin ? Qu'est-ce que j'avais bu déjà ? Combien d'accidents de montagne avaient pour cause la déshydratation extra-cellulaire ? Et qu'est-ce qui brille par terre là-bas en faisant un tel tintamarre ?

C'était mes dégaines. Mes dégaines dont les mousquetons nickel étaient étalés sur la pierre comme dans la vitrine d'un magasin *outdoor*, complètement adaptés, complètement étrangers. J'ai cru que je pleurais quand j'ai senti une goutte froide sur ma joue gauche, mais ce n'était pas possible. Ma dernière émission d'urine remontait à plus de six heures (très concentrée). Regarde avant d'expliquer ! J'ai touché cette goutte, je l'ai posée sur ma langue. C'était de l'eau, j'avais une langue.

J'ai levé la tête lentement et j'ai pleuré une deuxième goutte d'eau, j'ai ouvert la bouche et le goutte-à-goutte du ruisseau de la vire du carabe est passé directement dans mes veines. Je me suis allongée, les mousquetons à la main, la figure sous l'eau tiède et j'ai attendu là que la chaleur tombe. J'ai regardé une sauterelle à tête plate explorer le dos de ma main posée devant moi. Elles étaient aussi détachées de mon corps l'une que l'autre, je les observais toutes les deux avec la même curiosité. La sauterelle, plus stylée qu'un origami, pliée dans une impondérable feuille verte, ma main, une machinerie de poulies, de fibres, de tubes souples palpitants, un théâtre.

Chaque goutte d'eau qui tombait au coin de mes lèvres parcourait l'intégralité des cellules de mon corps. Chacune laissait une infime part d'elle-même en passant. La sauterelle à tête plate déplaçait soigneusement ses pattes recourbées sur le dos de ma main. Elle tâtait les poils pour éprouver leur résistance, elle avançait globalement vers le bout des doigts, six pattes en mouvement. Elle passa la bosse de l'os et s'engagea sur la première phalange. Un pli l'intrigua longuement au niveau de l'articulation, elle s'immobilisa. Il m'était impossible de distinguer ses yeux. Immobile, c'était un morceau de feuille morte apporté par le vent. Une goutte est tombée sur ma bouche quand elle a fait un bond formidable, inhumain, monté sur deux ailes invisibles, propulsé par un moteur disproportionné et, tout à coup j'ai eu terriblement soif. Soif comme si j'avais oublié la soif. Une autre goutte a touché mes lèvres et j'ai senti le fil vertical de l'eau, il m'a levée. C'est à lui que je me suis assurée pendant le temps de l'ascension, à cette succession de petits sacs de vie qui m'abreuvait depuis des heures, à cette droite à l'aplomb, géométrique, indiscutable, indubitable, solide. Huit dégaines à la ceinture, zéro grigri, pas de chaussons mais une corde d'eau claire, j'étais équipée. J'ai rejoint la vire du carabe en moins d'une heure et je me suis branchée au ruisseau. J'y ai mis mes mains, mes pieds, ma tête en entier, j'ai enlevé mes vêtements et je me suis baignée dans ces trois centimètres d'eau courante comme dans un fleuve mythique. Le vent m'a séchée. Je me suis rhabillée et j'ai dormi toute la nuit, sans rêves, en grelottant.

Les éléments sont exagérés. Depuis quatre jours, c'est le vent. Il détrône la chaleur, il la pousse dans la vallée à grands coups de trompe. Plus rien n'est immobile. Les insectes ne décident plus de leur trajectoire, les geais rasent la pelouse pour éviter les bourrasques, les rapaces à l'inverse prennent de la hauteur. Tout bouge. Le moindre brin d'herbe, l'aiguille la plus enfouie dans la pelote des pins, les crottes des isards sur les cailloux. Il n'y a pas de rémission. Rien ne s'arrête. Le calme est un moment de suspension entre une tempête et une autre, plus chaude. Lorsqu'il s'installe, il est si surprenant, si dense, qu'il devient une matière, une forme de l'air.

Il n'y a pas d'état moyen ici. Rien de ce qui se rapprocherait d'une normale saisonnière en matière de climat. S'il y a des saisons, elles ne correspondent pas à l'idée tempérée qu'on en a. Les éléments s'essayent les uns les autres, et c'est un exercice violent, hors catégorie. Les fins du monde se succèdent mais sans régularité, les renaissances peuvent survenir en pleine journée ou en pleine nuit, c'est indifférent. La montagne n'a pas de bon sens. Elle n'est pas vivable. Elle me rappelle quotidiennement que ce monde n'est pas le mien. Il ne m'appartient pas, il ne me sert pas. Il n'est pas exploitable, c'est à peine si on peut y tenir un jardin. Mais je vois tout. Je vois les changements, j'assiste aux métamorphoses. La griffe du brouillard sur une crête, l'invasion qui passe, la chaleur accumulée dans les pins qui lève des bouffées de tabac blanc, le ciel en est fait, le dépôt de la rosée jusqu'aux genoux, l'armée des iris raides pâlissant dans les prés, la montée des étoiles. Je vois la lune *bouger*.

Il n'y a aucune stabilité, nulle part, l'activité est constante et contrairement à celle des mégapoles, elle n'a aucun rapport avec nous. Ce monde n'est pas *fait* pour nous, et c'est un immense soulagement. Il n'est pas fait pour nous : on peut donc y vivre – si on y parvient.

Je ne pensais plus à cette sangle. Je m'occupais de ma première récolte de courgettes, je pensais à la façon dont j'allais les cuisiner, à leur goût, à leur texture, à la vitalité perceptible que transmettent les légumes fraîchement cueillis. Je me demandais s'ils étaient aussi vivants que des huîtres quand on les mangeait crus. Je salivais en tenant dans mes mains ces courges dodues piquetées de blanc et la poignée de fleurs que j'allais farcir, j'étais tout à mon affaire. Pourtant sans y penser, j'ai jeté un œil vers les bords du lac d'où les isards devaient remonter, c'était leur heure. J'avais cessé depuis longtemps de leur envoyer mes yodels matinaux, mais je levais toujours la tête quand le moment de leur passage approchait. Ils étaient là, sur la pente au niveau de la crête, complètement figés.

La tension de leur immobilité m'a intriguée, j'ai posé mes légumes et je suis allée chercher mes jumelles sur le muret. Ils étaient vraiment très raides, excités, les oreilles hypermobiles, les bois dressés comme des antennes. Une grande femelle frappait le sol de son sabot droit et hochait la tête. Les autres semblaient parcourus de frissons nerveux, je voyais leurs muscles rouler sous leur fourrure. Ils penchaient la tête vers la droite. Ils écoutaient quelque chose. Je n'entendais rien. Il n'y avait pas de vent sur le flanc de la montagne au-dessus du lac. À la distance à laquelle ils étaient, le bruit qui les préoccupait pouvait venir de très loin. Peut-être des contreforts du grand cirque.

C'est alors que j'ai repensé à la sangle. J'ai tout à coup compris que c'était un instrument de Dongbin et qu'elle était certainement en train d'en jouer. J'ai rangé mes outils, j'ai emporté mes légumes dans mon habitacle, au cellier, je me suis chaussée pour la marche, j'ai pris de l'eau et je suis montée au grand cirque. Le soleil montait avec moi, petit à petit. Dans la gorge de raccordement de la cuvette, je n'ai perçu aucun son. J'ai pressé le pas. Quand j'ai atteint mon second cairn, j'ai entendu une sorte de vibration élastique. Elle occupait le creux de la cuvette comme une rumeur, sa hauteur variait continuellement, sans heurt, mais avec des impulsions brèves qui semblaient rouler sur les parois.

J'ai pensé à une énorme guimbarde, j'ai pensé à la sangle tendue entre les deux écailles comme à l'anche d'un instrument à vent démesuré. J'ai encore accéléré le pas et plutôt que de m'approcher du chemin qui mène à la brèche de Dongbin, j'ai pris à toute vitesse la diagonale de mon 2 871, d'où je savais que j'aurais une meilleure vue. La brèche était complètement à contre-jour, je voyais tout en ombres chinoises. La sangle tendue se détachait entre les deux pans de montagne, nette comme le fil d'un rasoir. Une forme minuscule rebondissait dessus. Elle s'élevait parfois de plusieurs mètres, retombait tour à tour debout, à plat, sur les mains, sur le dos, sur le ventre.

J'ai pris les jumelles, j'ai reconnu Dongbin. Je l'ai vue enchaîner trois sauts périlleux arrière, retomber trois fois sur la sangle, repartir trois fois avec l'élan et s'arrêter d'un coup au quatrième, sur ses jambes, pieds joints, les bras en croix face à la vallée. Je l'ai vue parcourir l'intégralité de la sangle d'une écaille à l'autre en sautant des pas formidables amortis de roulades. Je l'ai vue s'asseoir au milieu de la sangle les mains jointes au-dessus de sa tête. Ne rien faire dans cette position des minutes entières. Je l'ai vue tenir la sangle des deux mains, son corps en suspens au-dessus, tendu comme une planche. J'ai vu le soleil toucher la brèche et noyer lentement la frontière tandis que Dongbin traversait une dernière fois sa longueur d'une très belle marche, découpée et fluide, debout sur ses pieds. Avant d'en descendre, elle a plié un genou et elle a salué l'astre.

J'en avais des frissons par tout le corps, comme les isards. Et j'ai pensé tout à coup : voilà donc à quoi s'occupent les immortels !

Le problème de l'homme est celui du secours.

Choisir la retraite, c'est refuser le secours, en refuser l'opportunité, le risque. C'est refuser d'être secouru par un ingrat, un imbécile, un envieux, par un ennemi.

Un ami ne menace pas. Un ami ne promet pas. Il se contente – il en est content – d'être attentif. Mais un ami existe-t-il ? Est-ce que choisir la retraite, c'est refuser à l'ennemi qu'il ait un geste contradictoire ? L'exiger cohérent, sans ambiguïté (par conséquent sans pouvoir). Sans aucune possibilité de changer de statut, de sens.

Est-ce que choisir la retraite, c'est se chercher un ennemi cohérent ?

La sangle était toujours là. Entre les deux écailles à soixante centimètres du sol, tendue dans le vent, frémissante. J'ai examiné les points d'attache, les plaquettes, les chevilles, les écrous fixés dans la roche, les mousquetons attachés aux élingues, le système de tension. C'est une installation simple mais technique, très maîtrisée. Un seul point me pose problème : il a nécessairement fallu un perforateur thermique pour fixer les ancrages. Personne n'enfonce une cheville à expansion dans un bloc de granite en la poussant avec l'index. Dongbin est terriblement plus équipée que je ne le pensais. Elle doit avoir une planque quelque part pour ce genre de matériel. Elle a, en tout cas, une parfaite connaissance des dynamiques et des résistances. On peut sauter au milieu de la sangle en y mettant tout le poids, tout l'élan possible, elle renvoie la poussée à plus de trente centimètres du sol.

J'y ai passé la journée. J'ai tout essayé pour arriver à tenir debout. Démarrer du pied droit, du gauche, collée au point d'ancrage, au centre, au tiers de la longueur, j'ai essayé en apnée, en respirant, les bras en l'air, les bras tombés, écartés, tendus devant moi, j'ai essayé fléchie, raide, détendue, complètement gainée, tout. Je n'y suis pas restée plus de huit secondes.

Tu trembles, la sangle oscille, tu respires, la sangle oscille, tu te figes, tu ne peux pas, tu bouges, la sangle oscille, tu changes de point de mire, tu tombes. Tu penses, tu tombes. Tu fixes ton attention sur tes mouvements musculaires, ton poids, ta densité, les milliers d'ajustements minuscules qui te traversent, c'est mieux, cinq secondes, et tu tombes.

Quand le jour a décliné, mon record de durée était de sept secondes pleines. J'avais les chevilles, les quadriceps et les fessiers durs comme du bois sec. Plus aucune souplesse nulle part, les épaules moulues et la tête lessivée par le vent incessant. Je me suis assise sur la sangle et j'ai regardé disparaître dans l'ombre les contreforts de la vallée de Dongbin, puis les lacs, la cabane. Posée sur ce fil de deux centimètres cinq de large, enfin stable, en apesanteur entre le jour et la nuit, j'ai connu un moment de repos si profond qu'il semblait remplir et soulever mon corps.

Quand la ligne claire a commencé de monter le pierrier à ma rencontre, je me suis levée, j'ai retrouvé la largeur naturelle de ma voie avec un sentiment de confort absolu, foudroyant, et j'ai dévalé le chemin comme ça, en volant, les pieds bien écartés.

J'y retourne demain. J'ai des expériences à faire.

Nous ne sommes pas bipèdes. Et en réfléchissant bien, je ne vois guère parmi les gros animaux que les oiseaux pour l'être parfaitement. Peut-être certains singes également, mais il faudrait pouvoir faire des observations précises. Pour les oiseaux c'est très simple : le plus courant des pigeons se perche sur une baguette de cinq millimètres de diamètre et marche dessus le jabot gonflé une patte devant l'autre. Les moineaux, un fil à linge leur suffit. Sans parler des sittelles torchepots qui seraient capables de le faire la tête en bas. Nous sommes très loin d'être des bipèdes sans plumes. Le devenir demande toute une rééducation. Je suis désormais en mesure de parcourir la moitié des trente mètres de la sangle, debout, fléchie, un fil de marche me sort par le ventre et me tient sur l'horizontale en dépit de tous les mouvements périphériques, les miens et ceux des autres. L'air, les insectes, les pierres, les planètes essayent de me divertir mais si le fil me tient, le mien, j'accomplis la marche. Au milieu de la sangle pourtant, à l'endroit où la flèche est la plus importante, il y a un pas que je ne parviens pas à franchir. Comme parfois dans la grimpe, ce pas difficile semble verrouiller tout le reste du parcours. Il faut que je trouve la brèche, la lunule, la réglette ou l'opposition, la confiance qui me fait défaut et qui pourrait libérer la voie. Chaque pas est un pas gagné, vacillant, chaque pas est le même et différent, pourquoi celui-là ne passe-t-il pas ? Je ne me l'explique pas. Et j'ai bien regardé.

Le deuxième jour de mon éducation à la gymnobipédie, après maints essais infructueux, incapable de battre mon record de la veille (sept secondes), incapable absolument de dérouler ne serait-ce que l'amorce d'un pas, j'ai pris mon bâton. Je m'y suis appuyée, le plus légèrement du monde, ç'aurait pu être une baguette de coudrier, un cure-dent s'il avait été assez long, n'importe quoi. Grâce à ce seul et frêle appui, j'ai traversé toute la sangle sans l'ombre d'une hésitation.

Nous sommes des quadrupèdes ou des tripèdes, c'est un fait. Depuis Erectus, nous essayons de vivre et de prouver le contraire. À qui ? À nos cousins les singes ? Aux poissons qui n'en ont que faire ? Aux oiseaux qui ricanent sous coiffe ? Au voisin qui siffle dans sa parcelle en faisant cuire ses sauterelles ? À nous-mêmes ? Est-ce que c'est une promesse qu'on se serait faite ? Une technique, une méthode qu'on aurait trouvée ? Efficace pour la prédation, le déplacement, les rencontres ? A-t-on cru que c'était les premiers pas pour s'envoler puisque seuls les oiseaux la maîtrisent vraiment ? Et moi, je suis seulement obstinée ou je perds les pédales dix heures par jour sur un fil, perchée, à tenter de parcourir l'espace entre les deux écailles d'un dragon envapé depuis le pliocène ?

Est-ce que la paix de l'âme, c'est devenir agile et con comme une poule ? Est-ce que Dongbin est une fréquentation recommandable ? Est-ce qu'on peut être immortel à l'intérieur d'une durée finie ? Suffit-il de faire la traversée pour le savoir ?

Je ne trouve plus mon perforateur thermique. Il me manque également seize plaquettes, autant de chevilles et d'écrous, un foret à béton, une clef plate numéro dix-neuf et six mousquetons. Voilà ce que j'ai découvert en voulant rassembler mon matériel ce matin pour équiper la face sud du 2 871. J'aurais peut-être pu le prévoir en comparant l'installation de la sangle (le luxe de l'équipement) avec le dénuement de la cabane de Dongbin. Encore que seize plaquettes, c'est dix de trop puisque la sangle est tendue sur trois pièces seulement de chaque côté. Où s'est-elle procuré les élingues, les maillons rapides, et la sangle elle-même, cela demeure une question s'il faut encore que je m'en pose et qu'est-ce qu'elle compte faire des surnuméraires ? Pour le reste, j'ai la réponse.

Ce n'est pas très grave puisque j'ai encore assez de matériel pour équiper ma voie, celle-ci du moins. Mais n'aurait-elle pas pu demander ? C'est pire qu'une intrusion. Moi quand j'ai arrosé la marmotte dans sa cabane, je n'ai rien pris. D'ailleurs s'il y avait eu quelque chose à prendre, je ne l'aurais pas fait. J'ai laissé le livre (en latin). J'ai ouvert les volets, gentiment.

Elle n'a laissé aucune trace, rien. Elle est entrée dans mon appentis et elle en est sortie sans déranger quoi que ce soit, je ne comprends pas comment j'ai fait pour ne pas m'apercevoir qu'il manquait des choses sur mon étagère d'escalade. La porte de l'appentis n'est pas fermée à clef, il n'y a donc pas eu d'effraction mais je suis organisée et l'absence de seize plaquettes aurait dû me sauter aux yeux. J'ai vérifié ma réserve de rhum en remontant, elle est intacte. Rien n'a disparu dans le jardin non plus, pourtant les salades sont énormes et il est temps de récolter les concombres. Mais est-ce qu'elle mange des légumes, je n'en sais rien, qu'est-ce qu'elle mange ? Des escargots quand il y en a, des épinards, des tubercules ? De la rosée gélifiée ? Cette question m'a troublée.

Au lieu de rassembler malgré tout ce dont j'avais besoin et de m'attaquer à cette paroi, je me suis mise mentalement à la recherche de la nonne. J'avais l'intuition qu'elle n'était ni à la cabane ni sur la vire du carabe, je me creusais la tête pour deviner où elle pouvait traîner sa laine quand je ne la voyais pas. De l'autre côté de sa propre vallée, derrière les lacs ? Vers le petit pic que je n'avais toujours pas gravi, dans le désert ? Pour une nonne, c'était tentant. Y avait-il une grotte quelque part où elle aurait pu faire l'olibrius et s'abriter de la pluie en compagnie d'un alambic maison ? Pour une immortelle, c'était tentant aussi. Dans la forêt ? Aux champignons, au frais ? À nouveau la journée promettait d'être très chaude.

Subitement, j'ai laissé tomber mes suppositions et j'ai décidé d'y aller moi-même, aux champignons. J'ai pris sur la gauche de mon habitacle, j'ai passé la cascade qui s'est réduite à un chant cristallin, net et plus du tout tonitruant, et j'ai commencé à chercher mes places. J'avais un bâton, un sac à fond plat, un couteau et un pique-nique, j'ai pris mon temps. J'ai trouvé tout de suite trois bolets bien secs puis plus rien. Le sousbois était craquant, lourd. J'ai cherché les coins les plus frais, les replis de terrain où pouvaient demeurer un peu d'humidité, les mousses. Je grimpais. Sans y penser, j'ai croisé le ruisseau et je l'ai suivi jusqu'au val tendre, ouvert, où je n'étais pas encore retournée. Et là, sous les rhododendrons, je suis tombée sur une bande de bolets d'été ronds et charnus, frais comme le beurre. J'ai tout cueilli, les narines grandes ouvertes. J'ai fait une pause, j'ai bu au ruisseau. La pelouse avait changé, les graminées étaient mûres, d'un jaune terne gainé de vert à leur base, plus haut, les troncs et les branches des arbres étaient très clairs, les feuilles semblaient tirées en arrière par le vent, l'écorce s'exposait franchement à la lumière.

Attirée par leur éclat, je suis montée jusqu'à eux, au pied du pierrier. Sous le dernier de ces petits chênes noueux, j'ai trouvé mon ultime bolet, parfait, intact, équilibré, la cuticule comme un café au lait. Par révérence, je l'ai laissé. Puis je suis redescendue, ou plutôt, j'allais redescendre quand un vol de vautours m'a fait lever le nez. Ils tournaient haut, aux alentours des sommets. J'ai pris les jumelles pour observer leurs mains de rapace aux doigts tellement écartés et je les ai vus accomplir une danse lente, presque lourde, inlassable. Je les ai vus resserrer leur spirale autour du sommet ouest. Un point précis les attirait mais ils ne se posaient pas. J'ai réglé les jumelles au centre de leur cercle et dans l'unique rond de mes binoculaires, en plein milieu, j'ai vu un piquet large comme un poteau téléphonique planté droit sur le sommet. Haut de six ou huit mètres. Et dessus, comme une cerise, Dongbin les jambes en tailleur, les mains en coupe sur le ventre.

Les nuits sont chaudes depuis trois jours, sans rosée, je dors dans la forêt de bambous.

J'ai besoin d'être entourée. J'ai descendu une caisse complète et je me suis installée là, à côté de la caisse avec mon quart d'alu, mes amis verts, mes amis jaunes autour de moi, bruissants. Ils me dépassent d'une tête maintenant. Je m'assieds avec eux le soir et nous nous livrons aux activités requises en de telles circonstances. Boire, jouter sur un nombre restreint de syllabes, exécuter des ronds de manche étudiés, boire, attraper la lune, boire. Ils ne sont pas causants, c'est agréable. Hier quand elle a été visible, blafarde, une pointe de vent s'est levée pour l'accueillir, les bambous ont pris du volume et j'ai participé à leur réception silencieuse, pleine de monde, de mouvements d'étoffe, de paroles essentielles prononcées légèrement. On m'a frôlée, j'ai senti la poudre de riz passer dans l'air, l'odeur blanche du saké. La soie portée en société ne fait pas d'autre bruit que les bambous froissés par un soir d'été. Je ne vois rien parmi eux, je ne vois pas la vallée, ni la pelouse, ni le jardin, j'entends à peine le lac, je suis tranquille. Mon regard ne porte pas, je n'ai aucune perspective, je suis là, posée à côté d'une caisse de rhum, au milieu de leurs corps durs, élancés, élégants, sans profondeur, pourvus de mille bras flottants. Je m'allège avec eux. Leur conversation de papier, leur droiture télescopique, leur cœur creux infusent dans mon quart d'alu et passent dans mes pensées.

« Ivres, nous prenons chacun notre chemin,
Avec des non-humains, je me suis lié d'amitié ;
Rendez-vous au loin dans la Voie lactée ! »

Tout à coup il faudrait devenir une flûte, laisser passer la colonne d'air par la bouche sans décider du chant, être jouée comme ils le sont et produire le son impersonnel et fade qui ne prouve que l'être. L'alcool m'aide à ça, à m'éclaircir, à l'entendre autour de moi, à le laisser se former dans mon oreille et dans ma voix.

J'espère aussi, secrètement, que les effluves du rhum monteront jusqu'au pilier de Dongbin et qu'elle en descendra. Je l'espère comme une idiote.

Journées sur la sangle, j'en oublie mon jardin.

Je ne tiens pas la longueur. La résonance est telle au milieu du parcours que je ne sens et n'entends plus qu'elle. Je connais maintenant les horaires et les façons du vent sur la brèche. Il n'est pas constant comme je le croyais, sa masse varie, sa puissance, son goût. Sa présence peut changer de tonalité en une demi-seconde. La douceur n'est jamais seulement dans la température ou dans la force. Il y a des vents violents dont le fond est tapissé de velours, des vents emportés qui cinglent mais il y en a qui bercent. Il y a des bises piquantes comme la grêle, des petits coups de fouet secs, des flatteries, de vraies caresses. La sangle me fait toucher du pied ces variations, elle me les révèle, elle me permettra peut-être de marcher avec et parmi elles. Je me demande de quel être énorme, incommensurable, de quelles actions ces déplacements d'air sont l'intention. Dans combien de dimensions temporelles elles se manifestent. Ces mouvements contradictoires qui passent par la sangle sont en nombre infini, leur vitesse est fulgurante, comme les pensées, ils changent sans cesse de sujet, d'objet, de trajet, ils ne se posent jamais. Il faut s'y accorder, c'est-à-dire développer une puissance exactement inverse à la leur qui tente à tout instant de me dérouter. Si j'arrivais à prévenir, à absorber tous ces changements, je serais simplement immobile. Immobile comme la mouche qui ne peut pas décoller du bras du maître de taï-chi. Mais peut-on dire que cette mouche est immobile puisqu'elle fournit un effort ? Même si le maître l'annule par un effort contraire exactement proportionné.

L'immobilité n'existe pas. La sangle fait résonner tous les mouvements et premièrement ceux de l'âme. On ne peut pas marcher sur la sangle la tête à autre chose, c'est-à-dire à quelque chose, aux multiples choses qui passent sans cesse. Le monde varie, nous varions, et dans ce flux, il n'y a que la sangle. Elle doit se détacher, se tendre, nette, simple, vivante, elle doit s'imposer pour être parcourue. Mais elle s'impose comme une idée, une ligne géométrique, sa tension est là, dans cet écart : une pensée concrète. Les écailles du dragon ne sont qu'un prétexte.

Dans cet écart je passe mes journées.

Je n'en oublie pas tout à fait mon jardin.

Journées mornes, mornes, mornes. Ciel bas, maigre température. La sangle brille sous les averses, impraticable. Néanmoins mon cerveau y travaille. Je sais très bien qu'il faut convertir cette succession d'équilibres instables en une marche. Une marche : un déroulé-enroulé, un continuum, un combiné, l'inverse d'un découpage.

J'ai descendu une seconde caisse dans les bambous. J'attends de passer le cap, celui de la déroulade, celui du milieu, j'attends que les nuits soient à nouveau sèches. Je refuse de retourner voir les sommets jumeaux, le poteau fiché sur l'un d'entre eux et le spectacle édifiant de Dongbin la stylite. Le comble de l'idiotie, stylite ? L'impasse absolue, en plein air, le cul sur un piquet et pas manger, pas boire, pas chier, pas pisser. Mourir sèche et droite comme une trique. Très bien.

J'ai semé les radis noirs et les navets. J'ai récolté les carottes, les cornichons, les poivrons. J'ai fait des bocaux, des salaisons, des rangements. J'ai vérifié l'état général de mon habitacle, les branchements, l'état des batteries, l'état des parois et des joints. J'ai inspecté de la même façon le module sanitaire. J'ai fait deux inventaires complets, celui de l'appentis et celui du cellier. Pas de nouvelles disparitions. J'ai construit des clayettes pour sécher les bolets, j'ai coupé, puis remonté trois stères dans le bois de pin. L'hiver va vite arriver maintenant. Toute cette activité prévisionnelle m'a fait un bien fou. De quoi aurais-je peur dans ces conditions ?

Le ciel est de plus en plus vaste.

C'est le troisième après-midi que je passe sur la partie médiane du 2 871. Je marche le matin, je grimpe l'après-midi. C'est mon programme. Et rien n'est simple. Sur la paroi, le premier jour, j'ai fait l'erreur de m'engager dans l'axe de la gouttière : une demi-journée perdue. Le soir même, j'ai apporté au pied du mur de base des provisions pour une semaine, des vêtements de rechange et mon sac de couchage. J'ai dormi là. Le lendemain, j'ai suivi le bord des dalles à gauche, contre une nervure constituée par des rochers brisés. C'était plus facile. J'ai utilisé quatorze fois mon perforateur à accumulateur (le thermique est toujours dans la nature) et j'ai placé trois coinceurs définitifs pour une centaine de mètres. Je me suis arrêtée là. La nuit était tombée mais je savais que je pourrais voir le mur terminal en revenant le lendemain. Je suis redescendue, j'ai dormi sous une pierre dans le cirque et je me suis rendue le matin à la brèche de Dongbin. J'ai marché deux heures sur la sangle.

En début d'après-midi, j'avais repris pied au sommet de la nervure. J'ai observé le mur terminal. Je l'ai vu dans toute sa largeur, j'en ai étudié les lignes principales aux jumelles, je m'en suis dressé une carte mentale, j'ai levé quelques croquis. J'ai mis mes notes dans mon sac et je suis descendue. Les cordes fixes que j'ai laissées sur le mur de base me permettent d'aller très vite. En fin d'après-midi, j'ai hissé mon matériel de bivouac. La terrasse n'est pas très large mais j'y suis à l'aise et le mur terminal demandait visiblement plus que des demi-journées. Je me suis levée à six heures le lendemain matin, juste après le brouillard qui s'est cogné contre la roche avant de s'engouffrer dans le ciel comme un feu de cheminée. Je me suis préparée, j'ai attendu la lumière, j'ai pris une vire ascendante sur la droite et je suis arrivée au pied du mur. Je me suis tenu la tête en arrière devant cette verticale, le corps en alerte mais sans tension et j'ai senti le fil de mon chemin passer par mon ventre et se tendre au-delà de mon point de mire, jusqu'au sommet que je ne voyais pas. C'était là aussi comme s'il n'existait qu'un seul trajet, absolument simple et que tous les autres n'étaient qu'une suite de tâtonnements, d'impasses et de rebours inélégants. Je me suis concentrée sur cette zone dans mon corps, un bol d'eau, légèrement mouvant, et je l'ai suivi dans la cheminée oblique qui s'élève d'abord vers l'arête sud. Mes jambes et mes bras se sont accordés pour que cette poche d'équilibre que je tenais au creux de mon estomac reste dans le droit fil du chemin. J'ai connu trente mètres de bonheur hydraulique sur le granite qui se réchauffait peu à peu et m'offrait des prises intelligentes, joueuses, placées comme des traits d'esprit. Je suis arrivée contre la muraille de l'arête sud et j'ai fait une petite pause.

J'étais au milieu de la sangle, la partie facile derrière moi, la deuxième devant moi, le pas délicat était le suivant. J'y ai réfléchi, peut-être trop longtemps. Mes bras se sont vidés de leur force, et subitement j'ai senti la montagne mollir sous mes pieds. Je savais qu'il fallait que j'emprunte le système de corniches en diagonale sur ma droite, mon chemin était tracé, mais les deux lignes, celle de la roche et celle de mon ventre, étaient entrées en dissonance, j'avais le plus grand mal à me tenir debout. Je me suis plaquée contre la paroi, les bras écartés, une prise dans chaque main pour calmer la montagne et j'ai fermé les yeux. Le mouvement s'est accru au lieu de diminuer, il a fait un tour complet, violent, et tout à coup je me suis retrouvée dans l'axe, debout sur de nouveaux pieds, de nouvelles mains, élastique et complètement disponible, soulagée de l'obligation de m'orienter puisque le bol d'eau ne s'était pas renversé. J'ai fait le pas problématique sans y penser, loin de toute pensée, et j'ai grimpé ces corniches les unes après les autres, un travail parfaitement net, jusqu'à me retrouver sous l'arête, une main au soleil, une main à l'ombre. Il restait un petit surplomb, sec et bref, je l'ai vu pétiller. Une seule poussée l'a fait sauter en l'air et j'étais sur le fil, au sommet, bipède comme jamais, complètement intégrée, en pleine allégresse.

Je ne me suis pas attardée auprès de mon point géodésique qui brillait de son feu blanc, je l'ai salué et j'ai passé la fin d'après-midi à descendre par la voie normale. Au bivouac, j'ai attrapé une poignée de fruits secs que j'ai mâchés lentement en traversant le grand cirque. Je suis montée à la sangle. Le soleil était passé de l'autre côté du monde quand j'ai touché la brèche. Accalmie de vent, j'étais le seul soufflet vivant. J'ai mis le pied sur la sangle et après ces heures de grimpe, ces heures de marche, en la touchant, il m'a semblé que je trouvais enfin la surface sur laquelle je devais évoluer, lisse, plane, absolument artificielle, idéale. Ce soir-là, sous l'œil mi-clos de la lune, j'ai fait ma première traversée intégrale. En dehors de la force, épuisée, hors d'atteinte du raisonnement, presque à côté de mon corps lui-même, impeccable. Je suis passée.

J'ai dormi comme ça, sans équipement, du côté Dongbin, sur la pierre grande comme deux lits et toute la nuit l'air a été aussi bon que celui de ma chambre.

Avant de me mettre à flotter, j'ai eu le temps de me rendre compte que la voie non plus je ne l'avais pas équipée.

Et si le secours, au fond, n'avait rien de personnel ? S'il était aussi impersonnel que la vie ? S'il était porté et reçu par tout autre chose que des individus ? S'il était toujours porté par un étranger ? Un étranger avant tout plutôt qu'un ennemi ?

N'est-ce pas le cas la plupart du temps ? Les pompiers, les secouristes, les médecins, les chamanes qui nous portent secours sont et doivent être des étrangers. Cela figure dans le serment d'Hippocrate : ne pas soigner ses proches. Parce que c'est dangereux pour les deux parties.

Le type absolument à bout de force, blessé, déshydraté, exsangue, choqué, au bord du délire d'épuisement ne peut être secouru que par un étranger. Son ami, son second de cordée devient dans ces circonstances un étranger, le seul lien qu'ils ont est alors celui du soutien. Le plus archaïque, le plus ancien, le plus involontaire des liens ? Le plus neutre. Aussi neutre et aussi opaque que les mouvements des organes et la formation du fœtus.

Si l'ami ne s'oublie pas comme tel, ne s'abstrait pas de sa relation envers le blessé, son soutien sera brouillé, vraisemblablement inefficace. Si le blessé rappelle son amitié à celui qui le secourt, il l'empêche. La technique du soin, quelle qu'elle soit, interdit toute relation personnelle. Elle permet aux deux personnes de s'en garder, de passer sur un autre plan, indifférent, désaffecté, urgent. La vie ne peut être sauvegardée que par une volonté et un enchaînement de faits aussi impersonnels que ceux qui l'ont fait apparaître.

Faut-il passer par la désaffection pour garder son ami, pour sauver sa vie ?

Par une désaffection profonde, sans calcul, sans condition, qui serait pure place laissée à l'autre et qui n'aurait rien d'un garant.

Et si cette place chauve était le cœur de la relation humaine ? La possibilité de sentir de temps en temps le cœur chaud sans affect de la relation humaine ?

Le secours est-il une promesse vide ? Heureusement vide. Est-il une promesse en acte ? Une promesse ou une preuve ?

J'ai retrouvé mon perforateur thermique ce matin. J'ai trébuché dessus en sortant de mon refuge à l'aube, j'ai failli tomber. Je l'ai ramassé avec un sentiment de reconnaissance, une petite vague chaude dans la région du cou et de la poitrine parce que s'il était là, cela signifiait que Dongbin était descendue de son piquet. Elle y était peut-être déjà remontée mais je tenais la preuve qu'elle avait encore des échanges avec le monde, qu'elle était vivante. J'ai serré l'outil dans mes mains, il était encore chaud. La mèche était blanche sur trois centimètres, le filetage complètement érodé, elle était foutue. J'ai pris le perforateur avec moi et je me suis rendue au jardin comme j'avais prévu de le faire. Dans l'appentis, j'ai changé la mèche et j'ai rangé l'outil sur l'étagère pour l'escalade où je lui avais fait une nouvelle place. Tout était en ordre quand je suis entrée dans les murs de mon potager. Les tuteurs, les voiles que j'étais à nouveau obligée de poser sur les salades durant la nuit, les montagnes, le soleil qui se levait tranquillement face au lac. Il me semblait que moi aussi j'étais à ma place au milieu des pierres sèches que j'avais agencées, les pieds sur un carré de terre retourné et aéré de mes mains, la tête dans mon bonnet fin.

    Je n'avais pas envie de courir partout à la recherche de Dongbin qui était redescendue du ciel, je savais que c'était inutile, qu'elle réapparaîtrait quand elle le voudrait, et surtout, j'avais envie de savourer l'instant quand il arriverait. J'étais assurée, rassurée, rassérénée, confortable avec ce fait. Je voulais en profiter, en tirer tout le plaisir qu'il recelait. Jamais je n'aurais cru qu'une mèche bousillée et une batterie à plat pourraient présenter autant d'agréments. De promesses ?

    Tout le temps où j'ai cueilli les haricots pesant de leur vert serré sur les rames, j'ai revécu en esprit le trébuchement qui avait amorcé ma journée. Le léger décroché, le moment d'égarement qu'il avait ouvert dans mon esprit, la fissure, le gouffre, le temps mort où je n'ai plus su tout à coup dans quel espace ni dans quelle époque j'évoluais, puis au cœur de l'angoisse, la sensation de plume, de brindille involontaire et ultrasensible en voyage dans le cosmos. Ni portée, ni forcée, ni active, sans passion, sans résistance, sans but, sans ancrage, sans désir, sans lest, sans liberté mais libre. Paradoxalement, complètement libre. Si tant est que cela ait un sens.

Un orage très violent a éclaté dans la nuit. J'ai d'abord senti la terre trembler au travers de l'acier qui scelle mon refuge à la roche sans savoir si c'était à cause du son ou de la foudre. Puis j'ai perçu la chaleur de l'électricité naturelle dans le circuit de mes fibres. Et tout de suite après j'ai vu la vallée éclairée plus qu'en plein jour, à flots continus, blancs, bleus, glacés, impérieux. Avant que l'eau ne tombe, les éclairs avaient déjà englouti la pelouse, déchiré et emporté la nuit comme un drap sale, annulé la frontière entre le ciel et la terre, absorbé le lac. Quand elle est tombée, ils l'ont rendue noire, épaisse, lourde comme un bloc de lave froide. Le ciel me dégringolait sur la tête avec un grand bruit uniforme et grave dont j'encaissais les accélérations, la respiration coupée, la nuque plaquée contre la paroi de mon habitacle, les yeux écarquillés sur l'espace saturé béant devant moi, recroquevillée dans le cockpit clos, immobile, sans aucune commande dans les mains.

C'est la vallée qui a décollé sous mes yeux, c'est le massif tout entier, les vingt-trois kilomètres carrés de roches, de blocs et de bêtes qui se sont arrachés du globe pour retomber avec fracas plus de dix fois à la même place, comme si quelque chose enfonçait cet énorme clou dans son énorme trou dont il n'aurait jamais dû sortir. J'étais au-delà de la panique : tétanisée, hors de moi, évanouie. Quand j'ai repris conscience de ma respiration, la montagne s'ébrouait, les poils de mes bras tenaient droit en l'air. J'ai touché mes cheveux : une boule de nerfs. Ils crépitaient quand j'approchais la main. J'aurais pu éclairer l'habitacle en les frottant doucement. Je tremblais comme une feuille. J'ai vomi dans l'évier.

Quand les spasmes se sont calmés, je me suis rincé la bouche et j'ai pris une grosse gorgée de rhum de la bouteille sous les plaques de cuisson. Puis une autre. Et j'ai repensé aux signes avant-coureurs. À la pression que j'avais ressentie depuis le début de l'après-midi, à la couleur lie-de-vin des nuages qui m'avait suffisamment alarmée pour que je débranche les panneaux photovoltaïques de leurs fiches et que je mette les batteries en isolation dans l'habitacle. Et aux fourmis. Aux fourmis volantes qui s'étaient rassemblées par centaines, peut-être par milliers, au-dessus, puis sur le toit de mon refuge, et qui avaient mené pendant une heure une sorte d'agitation frénétique qui avait tout des préparatifs d'une guerre et qui tambourinaient contre la paroi comme une pluie de printemps.

J'étais sortie pour comprendre d'où venait le bruit et j'avais observé longuement les atterrissages, les dérapages, les attaques virulentes dont elles se gratifiaient jusqu'à former de petites grappes nerveuses qui dégringolaient le long des flancs lisses de mon habitacle, hors de contrôle, s'arrêtaient, stoppées par un minuscule rebord, frétillaient, s'arrachaient les unes aux autres et remontaient à l'assaut en se ruant sur les premières comparses qu'elles croisaient, tout aussi avides et agressives qu'elles. Il y avait un nuage dense au-dessus de mon toit qui ne semblait pas décroître, alors même que j'entendais les centaines de petits chocs des atterrissages kamikazes. Sur le toit et sur les panneaux luisants, une foule en proie au délire errait sans but et en tous sens, s'attaquant au hasard. J'étais incapable de savoir si elles se battaient ou si elles copulaient mais cette dépense absolue, irrépressible, ce pillage d'énergie aurait dû me mettre sur la voie. La fin des temps s'annonçait-elle ? Et c'est ce que j'ai vu plus tard dans la nuit, la façon dont le monde se pose cette question. À lui-même et à ses fourmis.

J'ai trouvé Dongbin dans les pêches, en plein jour, la bouche regorgeant de chair et de jus clair, bourrée comme un coing.

Elle mangeait en hochant la tête assise sur mes caisses de rhum et, de temps en temps, elle répondait quelque chose aux bambous qui s'agitaient. Je l'ai regardée faire, plisser son visage, verser l'alcool dans six coupes évasées, posées sur la caisse devant elle, les remplir à ras bord, tâter les fruits, remuer la tête, bouger les lèvres. Je l'ai vue saisir une pêche et la dépiauter, deux incisions du bout de l'ongle auriculaire, une seule traction, la peau intacte est tombée au sol et le fruit a flotté devant ses yeux, pâle comme un cul qui n'a jamais vu le soleil. Elle a mordu dedans avec une telle sauvagerie qu'un frisson m'a traversée jusqu'aux doigts de pied. Le jus coulait sur son menton, elle mangeait avidement mais sans s'en rendre compte, captivée par ce qu'elle avait l'air d'entendre. Il y avait une petite montagne de noyaux à ses pieds. En regardant mieux, j'ai vu six autres montagnes identiques en six places rapprochées disséminées en ligne suivant la courbe du ruisseau que les bambous bordaient. Derrière ces tas, il y avait une longue tige verte et droite parmi trois ou quatre qui ployaient légèrement vers le cours de l'eau. Elle buvait les coupes les unes après les autres en se déplaçant le long de cette ligne. Devant chacun des tas, en face du bambou droit, elle levait la coupe au-dessus de sa tête avant de l'avaler d'un coup. Puis elle tendait la coupe vide, attendait un peu, et partait la reposer sur la caisse de rhum avant de se saisir de la suivante.

J'ai regardé le manège complet, six allers-retours, durant lesquels elle ne fit pas mine de m'avoir vue. Et alors qu'elle retournait poser la sixième coupe, elle attrapa une pêche et me la lança en pleine figure. La pêche éclata durement sur mon nez et ma bouche, je sentis sa peau craquer, sa chair s'écraser contre la mienne, le noyau heurter mes dents. Parce qu'il m'était impossible de savoir durant cet instant si c'était mon visage ou bien le fruit qui s'en trouvait broyé, la rencontre me réveilla. Je ne peux pas le dire autrement. J'étais dans un certain état de conscience, je regardais Dongbin dans les bambous, le monde était à plat dans ses repères, mon esprit dans mon corps, le temps passait, et le fruit jeté fit tout exploser. Sa chair était comme la mienne, sa peau, sa structure, son poids. Il était là de la même façon que moi, petit, rond, lancé, rien, plein. Pareil. Nous venions de nous rencontrer, et cette occasion était pour l'un et pour l'autre celle de se défaire, de se transformer, de changer de plan et d'état d'être. Je l'ai mangé en sentant qu'il me mangeait lui aussi, d'une autre façon, la même. J'ai pris mon temps. Puis le noyau dans la bouche, je suis passée, j'ai regardé le monde, le même, rien à voir, et j'ai commencé à entendre les frémissements.

Dongbin était assise sur un nuage clair large comme un coussin, elle flottait à soixante centimètres du sol, en tailleur, la coupe pleine au creux du ventre. Les six bambous droits étaient ses amis. Une cour discrète, quatre jeunes bambous souples et frais, la natte sur la colonne, le buste légèrement ployé vers l'eau se tenait à leur disposition et chacun s'occupait de l'encre, du papier, des feuilles et des embarcations tressées pour l'envoi. Les six grands pontes portaient le chignon au sommet du crâne et s'envoyaient les uns aux autres des bouts rimés en les postant à la rivière. Ils se tenaient le dos droit, aucune expression ne venait déranger leurs traits. Seules leurs mains, un instant ou un autre, ici et là, se mettaient à papillonner devant eux, indépendantes et légères, pour tracer quelques caractères bien noirs sur le papier transparent que leur tendaient les petits disciples. Ils pliaient le poème et l'envoyaient voguer sur des jonques de brindilles ou sur de grandes feuilles plates et vertes. Le ruisseau inversait son cours quand le ponte de l'aval répondait au ponte de l'amont.

Dongbin suivait le fil de l'eau où couraient les poèmes, assise sur son nuage. Elle les lisait derrière leur dos et soupirait, inspirait ou riait en se tapant les cuisses, et remplissait les coupes à nouveau. Ils étaient tous saouls comme des cochons. Les pêches qu'elle leur distribuait depuis son fauteuil automobile disparaissaient en un clin d'œil dans leurs gosiers, tout aussi vite que l'alcool des petites coupes qui n'avait rien à voir avec mon rhum ni avec quoi que ce soit d'autre. J'en avais avalé une rasade en douce pendant que Dongbin resservait le ponte de l'aval et me tournait le dos. C'était une eau claire, désaltérante, sans goût, sans force, sans la moindre caractéristique, une eau-de-vie pure qui portait à la pure ivresse. Elle m'avait immédiatement éclairci l'esprit, ou plutôt, elle me l'avait gonflé, dilaté et allégé. Cette eau était bien meilleure que tout le LSD que j'ai absorbé dans ma vie. Je me sentais comme un ensemble vide, très cool. Je pouvais entendre les poèmes. Je pouvais les voir. Ils apparaissaient dans l'eau en minces filets noirs, tournaient autour des pierres, flânaient dans les creux et s'ourlaient dans les vagues. Les plus habiles occupaient la largeur du ruisseau, se dispersaient jusqu'aux berges, au bord de la dissolution et se rétractaient plus vite qu'une pupille de chat pour finir leur parcours comme des petits pois très denses, de minuscules planètes. Le ponte de l'amont était très doué pour produire des satellites. Il envoyait régulièrement des petites billes de blanc et d'argent métalliques qui roulaient sur elles-mêmes ou fusaient comme des truites. Les quatre du milieu ajoutaient volontiers une sensation précise dont l'intensité variait du très petit au très grand et en modifiait le corps dans son ensemble.

Peu à peu, je compris que ces jeux de répons n'avaient d'autre but que d'écrire dans l'eau un seul et grand poème. Chacun sa touche, le ruisseau pour fond et pour voix. À la fin, ils écrivaient directement dans les flots, je ne lisais plus, le son et l'image s'étaient confondus, le sens était sans importance, tout était clair, le support était inclus dans les vers. L'eau n'avait même plus besoin de couler, elle coulait. Le poème coulait au-dessus d'elle, avec elle, en elle, hors d'elle. C'était ainsi. Très simple.

Quand je suis sortie de ma lecture, un des petits échansons du ponte de l'aval me tendait la coupe vide de son maître. Il restait une goutte d'eau-de-vie dans le fond, je l'ai mise d'un coup sec dans ma bouche et elle a pris ses aises. Mon palais s'est développé dans des proportions de hall de gare, les murs étaient tapissés de lianes et de joyaux tressés, le plafond en coupole était peint à fresque, blanc l'instant suivant, taillé dans un bloc de marbre finement veiné, le sol était comme un tapis, un trampoline, un matelas de duvet, le ventre d'un escargot. Les parfums circulaient dans la grotte palace dans des flacons de porcelaine accordée aux teintes changeantes du plafond. Ils entraient par la porte de service, passaient sur le tapis, envahissaient la coupole et sortaient par la cheminée. Avant de disparaître, ils laissaient flotter derrière eux comme une traîne de cerf-volant. Et puis l'alcool est descendu dans mon corps et j'ai fait de la spéléologie sur une planche de surf à toute épreuve.

Quand je suis remontée, dans une bulle odorante, plus saoule qu'une poule en automne, le ponte de l'aval et le deuxième de la droite étaient absorbés dans la cavalcade et cavalerie du prince. Ils avaient saisi un dragon dans l'océan, un tigre dans la forêt et ils se jetaient sur l'ennemi juchés sur leurs montures merveilleuses. Cela faisait un bruit de pattes de velours, de griffes, de poids lourds frappant la terre. Un bruit si puissant que l'ennemi y disparut et eux avec lui, par-dessus le ruisseau. Ils ont été très applaudis.

Alors le ponte de l'amont s'est levé et a fait des mines et des ronds de manche sur une place oblongue poudrée de talc, il était très habile aux tournements de mains et rotations en tout genre. Ses articulations semblaient montées sur roulements à billes, il pouvait prendre n'importe quel angle et décrire des cercles irréprochables dans les quatre sens.

À force de tourner de droite à gauche et de bas en haut, il a décollé à la verticale comme un hélicoptère. En saluant, il a pris une altitude considérable et il a disparu. À sa suite, le premier de la droite et le premier de la gauche se sont lancés dans une discussion théorique qui avait pour objet la diététique et la bonne et la mauvaise façon de nourrir la vie. Céréales ou décoctions ? Une vie de longévité normale atteignait pour le premier de la droite à vingt-sept mille ans et pour le premier de la gauche à cent dix ans tout compris. Le second de la gauche est intervenu pour les mettre d'accord en faisant remarquer que céréales et décoctions importaient peu si on ne se souciait pas du drainage. L'un est parti sur une graine de millet, l'autre dans un bol de mica, le dernier sur une paille creuse.

Et subitement, il n'y avait plus que des tas de noyaux au sol, des bambous contre la berge et six coupes vides sur une caisse de rhum brun. Sans attendre, Dongbin nous en a rempli deux à ras bord. Elle a lancé sa coupe devant elle comme un frisbee puis elle a glissé à toute vitesse sur son coussin et l'a rattrapée, pleine à ras bord comme elle était, au moment précis où sa trajectoire s'infléchissait vers le sol. Avant de boire, elle m'a lancé la mienne de la même façon d'un coup de poignet sec. Je l'ai vue tourner sur elle-même comme les satellites du poème de l'eau et l'eau-de-vie à l'intérieur tourner à l'envers, et les électrons tourner autour de leur noyau et tandis que diminuait l'espace qui séparait la coupe de mon corps, ma main s'est positionnée, l'ensemble de mes articulations autour d'elle, pour absorber cette double rotation en déplacement horizontal et saisir un instant stable de la matière. Je l'ai fait, puis nous avons trinqué. Très simple. Au Tao, à la lune, au vide, aux phénomènes, nous avons dédié cette coupe. Et je l'ai bue, une rivière. Et mon palais s'est ouvert, sa coupole s'est fendue en deux, le ciel est entré dans ma bouche et j'ai vu ce que je vois tous les jours. Le pliocène sous mes yeux, les ères précédentes, les suivantes, encastrées les unes dans les autres, ramassées en un seul volume, concomitantes et vides. Les formes de la vie, dans l'eau, dans l'air, dans l'esprit. Les circulations. La liquidité du verre, la pétrification de l'eau, la fusion de l'atome. Et les spectacles, les carrières, les cultures, les dieux, dépliés sous mon nez, en vitesse absolue, changeant de costume, de langue, de forme, de posture.

Tout se présentait et se résorbait en même temps. Hors de la succession. Toutes les époques dans le même instant, tous les corps dans la même enveloppe, tout instant aboli, toute doublure retournée. Le vide partout. La Voie dans le ciel. Le ciel dans mon cœur. Puis j'ai de nouveau intégré le temps. Au bord du ruisseau qui s'était remis à couler, Dongbin est descendue de son nuage. Elle s'est assise à mes côtés et elle m'a dit verbalement : tu n'as pas grand-chose à faire dans la montagne. Malgré l'état dans lequel j'étais, ça m'a irritée. J'ai laissé passer le mouvement. Je me suis souvenue des descentes et j'ai décidé d'accueillir celle-ci du mieux possible. J'ai salué Dongbin, je me suis levée et je suis remontée chez moi. Dans mon habitacle, j'ai sorti le paquet de cannabis de sa réserve, j'ai fumé deux belles têtes et je me suis détendue. Les muscles avec l'esprit. C'était l'après-midi d'une journée de fin d'été. Plutôt jolie. Je me suis allongée sur la couchette et j'ai dormi quatorze heures trente.

Peut-on se porter secours à soi-même ? Peut-on agir envers soi comme envers un étranger ? Peut-on prendre ses distances, se tenir à distance de soi-même ? Comme le danger qu'on est, qu'on représente. Se porte-t-on secours en s'éloignant, en se décollant, en déshadérant de ses états ? En glissant un hiatus d'air entre soi et ses représentations ? Est-ce que c'est cela la désaffection, ce sas ? Est-ce qu'on touche la place chauve de l'identité en prenant cette distance ? Est-ce que je suis cette place chauve où passent les représentations ? Seulement cette place, cet ensemble vide, souvent occupé mais vide, très cool. Est-ce que toucher à cette place chauve, c'est atteindre le cœur chaud désaffecté de sa propre existence ? Est-ce que c'est le risque à prendre ? Se perdre, se déprendre ? Le risque à prendre pour se sauver.

De quoi est-il la promesse le secours qu'on se porte à soi-même ?
Certainement pas de la survie.

Je suis montée aux sommets jumeaux. Je voulais savoir si Dongbin était à nouveau sur son poteau. J'avais encore des flashes d'eau-de-vie qui me revenaient comme des boomerangs, en pleine tête, je décollais parfois de plusieurs centimètres. C'était agréable mais je devais porter une grande attention à mes déplacements. J'ai abordé le pierrier au-dessus des arbres secs avec circonspection. La roche éboulée avait encore changé de couleur. Elle était plus rouge, plus sombre que d'habitude, elle semblait avoir absorbé la pluie et rentré ses escarbilles lumineuses, elle était prête pour l'hiver. Je l'ai traversée en essayant d'imaginer que c'était une pâte molle, dynamique, bientôt du sable, rien de méchant. J'avais rempli ma gourde au ruisseau dans le val au-dessous. Le temps d'arriver au pied du double sommet, je l'avais complètement vidée. Le poteau était toujours sur le sommet est, il n'y avait personne dessus. J'ai vu des câbles que je n'avais pas remarqués, ils le reliaient au sol, il y en avait quatre. Rien d'autre. J'avais envie de grimper pour regarder de près cette installation, pour l'essayer peut-être. J'y suis allée. Une heure et demie de montée sèche.

Dongbin avait tracé un chemin jusqu'à son poteau, l'herbe était tassée à sa base et autour des piquets qui retenaient les quatre câbles. Ils étaient tendus à bloc et maintenaient fermement le poteau à l'aplomb. Il aurait fallu une tempête pour le faire bouger. J'ai touché les câbles, j'ai poussé le poteau les bras tendus, les mollets étirés, je me suis appuyée contre lui et j'ai regardé l'immense vallée, ses trois gorges profondes, encaissées, ouvertes sur le ciel. J'ai regardé l'atmosphère qui baignait tout ça, je l'ai bien respirée. Un minuscule faucon est passé sous mes pieds. Il venait de démarrer d'une anfractuosité de roche et se dirigeait vers l'est. Je l'ai suivi des yeux. Il a viré autour de la pointe sommitale et il est descendu en flèche sur le flanc de la montagne, une immense glissade. J'ai saisi mes jumelles et je l'ai vu dégringoler en vitesse accélérée, tout le long de l'abîme, jusqu'à ce qu'un pan de forêt me l'occulte brutalement. Je me suis préparée à entendre le bruit de sa chute.

En remontant sa piste d'air, je suis tombée sur six plaquettes installées sur un pan de roche avancé, tout en haut du sommet est. Elles brillaient. Elles étaient disposées de part et d'autre d'un éperon agressif qui fendait l'air comme une proue. Elles avaient été vissées symétriquement, trois de chaque côté, rouge, acier, rouge, elles formaient des yeux, la tête était un long museau pelé, un décroché horizontal lui faisait une méchante bouche d'ombre, on aurait juré que ce loup souriait. Et qu'il me regardait en face. Et quand je l'ai vu ouvrir la gueule et baver, j'ai tourné la tête, je me suis assise en glissant contre le poteau et j'ai attendu que ça passe. Mon rythme cardiaque s'est stabilisé, j'ai repris les jumelles, j'ai regardé l'éperon qui avait refermé la gueule comme je m'y attendais, et j'ai vu quelque chose sur sa tête. Une petite pyramide molle. J'ai affiné le réglage et j'ai reconnu la couleur de la sangle, le jaune bordé de vert enroulé sur lui-même, tout s'est mis en place dans ma tête en un éclair et j'ai compris. Dongbin n'était pas stylite, pas tout à fait. Le poteau sur lequel je prenais appui allait supporter une élingue, les six plaquettes plantées dans les yeux du loup à plus de soixante-dix mètres à vol d'oiseau, allaient tenir l'autre et la sangle se tendrait entre les sommets jumeaux, comme une ligne de défi. J'en avais le souffle coupé. Mes jambes tremblaient rien qu'à prendre la mesure de l'espace qui les séparait. Ce n'était pas une ligne au-dessus d'une ligne comme celle que je pratiquais depuis des semaines, c'était une ligne dans un volume, au-dessus au-dessous de rien, complètement perchée. Tendue dans le vide, dedans. L'étude personnelle.

J'ai pris les dernières dispositions pour l'hiver. J'ai récolté ce qui restait, les derniers cornichons, les dernières carottes, les pâtissons et le seul piment qui est parvenu à se développer. Il est tout racorni, d'un vert épais assez vilain mais je suis sûre qu'il est très fort et qu'il me fera du profit. J'ai serré les récoltes au cellier, proprement. Tout y est sec, l'air se renouvelle bien. Les bolets déshydratés sont alignés sur l'étagère supérieure, j'en ai huit pots très pleins. Les framboises et les myrtilles au sirop côtoient les cornichons en saumure et les caisses de carottes et de patates. J'ai plus de vingt pâtissons, et de belles courges qui devraient se garder encore un bon moment. Les haricots verts stérilisés dureront jusqu'au printemps prochain. J'ai nettoyé mes outils, les manches, les fers, et je les ai remisés dans l'appentis. J'ai roulé les voiles de forçage. J'ai huilé la chaîne de la tronçonneuse, j'ai monté les bidons de mélange au cellier pour qu'ils ne gèlent pas. Au jardin, j'ai retiré le paillage de mes planches de cultures, j'ai greliné la terre et j'ai préparé deux bacs à endives. J'ai aéré le compost et je l'ai bâché. Il est plein de vers rouges qui vont rester à l'abri tout l'hiver. Ils se réveilleront frétillants dans six ou sept mois. J'ai fait le tour de mes murs et j'ai replacé quelques pierres branlantes, pas beaucoup. Ils sont solides. J'ai fait l'appel des bambous qui savent à quoi s'en tenir, je leur ai parlé. Puis j'ai tué et fumé les dernières truites du vivier. J'en ai mangé une, saisie sur le gril, magnifique. C'était ma façon de dire au revoir au lac vivant. Tout va se tapir d'ici peu, se couvrir d'une couche protectrice de froid contre le froid. Tout va se taire et se déplacer furtivement dans un univers assourdi, coffré, épais comme un puits. Les névés vont se reconstituer, le lac va prendre, que fera le ciel ? Des cristaux, des étoiles, des buées. J'ai hâte, et je ne suis pas pressée.

Le ciel continue de s'ouvrir.

Dongbin est passée me chercher au refuge. J'avais préparé mon sac, nous sommes allées directement aux sommets jumeaux. Le soleil était levé, net et rond. Elle marche à une cadence d'enfer. J'ai eu beaucoup de mal à la suivre. Elle a avalé le pierrier comme s'il n'était rien de plus qu'un banc de sable capricieux. J'ai dû faire trois pauses pour reprendre mon souffle et sortir les battements de mon cœur de mes oreilles et de ma tête. Au pied du sommet est, elle a pris son chemin sans s'arrêter une seconde, en haut, elle a jeté au sol le baluchon de coton qu'elle portait, elle a fait vibrer les quatre câbles qui maintiennent son poteau et elle est montée dessus. Là, en tailleur sur la plate-forme sommitale d'une dizaine de centimètres de diamètre, elle a respiré un moment. Le temps pour moi de faire chauffer de l'eau et de déballer une partie de mon sac.

Je venais de plonger les sachets de thé dans les tasses pleines quand elle est descendue de son perchoir. Elle a ouvert son carré de toile plié et j'ai vu qu'elle était passée à l'appentis avant de venir me chercher. Elle avait pris un paw, une corde statique, une poulie, et ma poignée d'ascension. Nous avons bu le thé. J'ai rangé les tasses, le réchaud, la cartouche et l'installation a commencé. Dongbin a entouré le poteau avec une élingue, elle a passé un maillon rapide dans les deux boucles de l'élingue, elle l'a vissé et retourné. Elle a ramassé un gros caillou, elle l'a fixé à un bout de la sangle et elle est remontée sur son poteau en me demandant de tenir l'autre.

Debout sur un pied, elle a laissé pendre trois ou quatre mètres de corde avec le caillou à son extrémité, elle a commencé à lui faire décrire des cercles à la verticale, de plus en plus rapides, et aux trois quarts d'une remontée, elle l'a lâché. Le caillou est parti vers le ciel comme une torpille, sa traîne jaune et vert sifflait derrière lui en se tortillant, il a atteint son point culminant, il a hésité puis il est descendu vers le sommet ouest. Sa chute a fait voler une poignée d'herbe, on a tout entendu dégringoler dans la pente.

Dongbin m'a souri, elle est descendue de son poteau en se laissant glisser sur un des câbles la tête la première. Elle a ramassé la sangle, elle l'a passée dans un maillon de chaîne rouge, elle a fait une boucle et elle a glissé un mousqueton à l'intérieur. Elle a enroulé une corde autour du poteau. J'ai remis mon sac sur mon dos, nous sommes descendues. Nous avons traversé la brèche qui sépare les deux sommets. J'ai levé la tête et j'ai vu notre cible, les six plaquettes qu'elle avait vissées de part et d'autre de la tête du loup. La gueule noire que j'avais vue s'ouvrir était un dévers long comme camion, large de quelques mètres. On pouvait facilement le contourner par la gauche. Je ne pouvais pas voir le piton d'assurance qu'elle avait dû placer pour installer les plaquettes mais je devinais son emplacement. Elle m'a laissée grimper en tête. Je suis montée tandis qu'elle s'arrêtait sur une écaille à la taille de ses pieds, juste à portée de main des six yeux du loup. J'ai bien regardé la paroi, il n'y avait aucune trace d'un point de relais. J'ai installé un rappel, j'ai ramassé le caillou entouré par la sangle et je l'ai fait glisser doucement vers Dongbin. Elle avait sorti une élingue de sa laine et l'avait passée à l'intérieur des six maillons delta qu'elle avait fixés aux six plaquettes. Je l'ai vue faire une boucle dans un brin de l'élingue et passer une manille à l'intérieur tandis que le caillou se balançait sous son nez. Elle l'a attrapé, elle l'a décroché et elle me l'a lancé. La pierre est passée devant moi, tout droit, à plus de deux mètres au-dessus de mon crâne et j'ai compris qu'il fallait que je l'attrape si je ne voulais pas qu'elle retombe sur Dongbin. Elle m'a presque arraché les mains. Je l'ai posée à mes pieds.

Dongbin avait passé la boucle de la sangle dans la manille. Elle était en train de grimper. À nouveau, au sommet, elle m'a fait un grand sourire. Puis elle est aussitôt redescendue au prussik en bas du pic grâce au rappel que je venais d'installer. Je l'ai suivie, j'ai décroché mon grigri et ravalé la corde, et nous avons traversé la brèche en sens inverse. La sangle faisait le dos rond au-dessus de nos têtes, elle se balançait gentiment en se sifflant un petit air. Je l'ai écoutée avec attention en remontant sur le sommet est. En quelques secondes, Dongbin a réalisé un mouflage qui reliait le mousqueton de la sangle au maillon rapide de l'élingue passée autour du poteau. Une fois le raccord effectué, elle a commencé à tirer, la sangle a protesté puis elle a bougé. Elle s'est redressée peu à peu, son sifflement est devenu plus sec, plus bref. Je la regardais changer de forme avec une sorte de fascination. Puis Dongbin a lancé un cri de marmotte qui m'a fait dresser les cheveux sur la tête. Je me suis tournée vers elle, je l'ai vue rigoler de toutes les dents qui lui restaient, et m'indiquer d'un signe de tête ce que j'avais à faire. J'ai pris place derrière elle, j'ai attrapé la sangle des deux mains, et nous avons tiré ensemble, en rythme, jusqu'à ce que tout le mou soit avalé, jusqu'à ce que la corde se cabre dans les airs, jusqu'à ce qu'on sente qu'on arrimait les deux sommets l'un à l'autre et qu'on était proche de déplacer des montagnes. Quand Dongbin a donné le signal d'arrêt, je n'avais plus de bras, la sueur coulait sous mon bonnet et dans mon parka, j'avais la vue complètement brouillée. Je me suis essuyé le visage dans mon pull et quand j'ai relevé la tête, j'ai vu la ligne. Complètement plate, vibrante, vivante. Plus qu'incongrue. Elle était là, comme une plaisanterie, indéniablement présente, irrésistible. Je l'ai regardée longtemps. Je suis techniquement capable de traverser deux fois sa longueur, d'exécuter un demi-tour, de m'asseoir et de me relever sur la sangle. Je l'étais à soixante centimètres du sol. Et maintenant ? Je me suis posé cette question et j'ai commencé à rire, à rire du fond du cœur, à m'en faire péter les boyaux. Quand le calme est revenu, je l'ai laissée s'installer puis je me suis avancée vers le précipice mais Dongbin m'a attrapé le bras : demain.

Est-ce que c'est le jeu que je cherchais ? Celui qui combine la menace sans domination et la promesse sans objet ? Le jeu sans aucune part obscure, le jeu limpide ? La méthode ? Le moyen de se décoller, de se surprendre soi-même et de s'accueillir ?

L'idiotie ?

Est-ce que c'est un bluff ? Un risque calculé ? Un risque recueilli ? Est-ce que je saurai demain si l'éternité peut tenir dans une durée finie ? Est-ce que j'en ferai plusieurs parties ? Est-ce que ça compte ?

Comment pourrait-il accueillir le monde celui qui ne se mise pas lui-même ?

Mise en pages PCA
44400 Rezé

Achevé d'imprimer
en mai 2016
par Corlet Imprimeur
14110 Condé-sur-Noireau

Dépôt légal : août 2016
N° d'imprimeur : 181907
Imprimé en France